陕西省委宣传部重大文

U0609114

倾听存在的河流

穆蕾蕾

著

西安出版社

图书在版编目（CIP）数据

倾听存在的河流/穆蕾蕾著. — 西安：西安出版
社，2019.2（2021.5重印）
（"陕西青年作家走出去"丛书）
ISBN 978-7-5541-3644-7

Ⅰ.①倾… Ⅱ.①穆… Ⅲ.①诗集－中国－当代
Ⅳ.①I227

中国版本图书馆CIP数据核字（2019）第034074号

QINGTING CUNZAI DE HELIU
倾听存在的河流

著　　者：	穆蕾蕾	
出版发行：	西安出版社	
社　　址：	西安市曲江新区雁南五路1868号影视演艺大厦11层	
电　　话：	（029）85253740	
邮政编码：	710061	
印　　刷：	永清县晔盛亚胶印有限公司	
开　　本：	889 mm×1194 mm　1/32	
印　　张：	8.5	
字　　数：	141千	
版　　次：	2019年2月第1版	
印　　次：	2021年5月第2次印刷	
书　　号：	ISBN 978-7-5541-3644-7	
定　　价：	39.00 元	

△　本书如有缺页、误装，请寄回另换。

序

贾平凹

正是天寒地冻万物凋敝时节，读到十位青年作家的书稿令人欣喜与温暖。这批作家的写作有想法也有锐度，如同一道亮丽的风景，让人感受到文学的蓬勃力量。

陕西青年文学协会成立几年来，在团结文学青年方面做了很多实实在在的事情。"陕西青年作家走出去"丛书的编辑就是一项令人感动的事情。第一辑丛书我看过，整体水平高，社会影响大，在推动陕西青年文学写作方面起到了凝心聚力的积极作用，也向外界集中展示了陕西文学的新力量。如今，第二辑丛书再次推出十位青年作家，颇有长江后浪推前浪的气势。事实上，他们中的很多人在文学创作上已经取得了不俗的成绩。这次，"陕西青年作家走出去"丛书（第二辑）被列为陕西省重大文化精品扶持项目，就说明了他们的创作得到了认可，可喜可贺。静心翻阅十本风格迥异的作品，他们的文学才情令人感叹。这些作品无论是写乡村还是写城市，无论抒情还是言物都有显著的特点。他们对于现代化冲击下的社会突变、世相百态和复杂人性把握得比较到位，看得出是有深厚文学积淀的。他们在写作技艺上的探索与尝试不拘泥于传统，精到而又大胆。既有传统的现实主义叙事，又融合了荒诞、象征等现代主义笔法。作品意象飞驰，胸怀远方，呈现出富有时代活力的精神向度。整体阅读这十本书，很有冲击力。

有人说文学正在被边缘化，但通过一批批写作者不难看出，文学自有它的天地归宿。因为文学书写的是记忆生活，是一件打开灵魂通透人心的事情。文学的美是所有艺术形式里最能激荡人心的美。我想，即使在未来的智能化时代，文学的功用也不会被取代。

所以我们常说生活是文学的源泉。只有深入生活，才能创作出既有时代精神，又有思想深度和生活温度的作品，才能引起读者的共鸣从而产生社会影响。在互联网时代，信息的获取快捷丰富却又复杂多变。如何保持清醒的态度建立自己的文学写作观念值得大家思考。现在的一些文学作品的确精巧、华丽，读起来也有快感，但缺少筋骨和力量，说透了就是缺乏打动人心的感染力。我想，在这样一个众声喧嚣的思想体系里，写什么和怎么写不仅仅是青年作家面临的困惑和难题，这也是我长久思考的问题。文学不仅反映生活，也要照亮生活。这大概就是文学的神圣与伟大之处。

当下，陕西的文学氛围非常好。省委、省政府高度重视文学事业，资助"百优作家"，号召文学陕军再进军。所以，耐住性子，静下心来，关注现实生活，关心国家命运，以甘于坐冷板凳的心态踏实写作，就一定能写出好的作品。我相信几十年后，再看这些作品，就会更深刻地理解"陕西青年作家走出去"的深远意义了。

（贾平凹，中国作家协会副主席、陕西省作家协会主席）

担当时代使命　勇攀艺术高峰

钱远刚

　　陕西是文学的沃土，青年是文学的希望。青年作家的成长成才一直是文学界重点关注的话题。陕西青年作家对文学坚持不懈的执着追求、扎实稳健的步伐、深切的生命体验与独特的审美意识展现出充满朝气、昂扬向上的蓬勃英姿。按照"出人才出精品"的要求，陕西省作家协会高度重视对青年文学人才的培养，不断完善工作机制，探索创新方法，千方百计地为青年作家的成长成才搭建平台、提供机遇，使陕西作家队伍呈现出文学发展新气象，成为文学陕军新生力量。

　　党的十九大描绘的"两个一百年"奋斗目标、开启中国特色社会主义建设的新征程，党和国家事业取得了历史性成就和历史性变化，为文学作品的创作提供了丰富的滋养，广大青年作家和文学工作者要与人民同在，与时代同行，与改革同向，与发展同步，自觉践行和弘扬社会主义核心价值观，坚持远大理想、提升思想境界、加强人格修养、拓宽文学视野，用心用情用功抒写我们伟大的时代，才有可能创造出展示时代风云际会、反映人民群众生活的优秀文艺作品！

　　气象万千的新时代属于每一个人，人人都是新时代的见证者、开创者、建设者。在习近平新时代中国特色社会主义思想指引下，陕西省委提出了大力推动"文学陕军再进军"的战略部署，我省文学事业繁荣发展，文学界精神面貌焕然一新，文学创作出现了前所未有的大好局面，这为青年作家提供了大有作为的用武之地。青年作家更要志存高远，克服"浮躁"，坚持以人民为中心的创作导向，深入生活，扎根人民，坚定文化自信，自觉向大师学习、向经典学习、向人民学习、向实践学习，守正出新，再创佳绩，努力攀登文学艺术新高峰。

　　去年，在省委宣传部指导下，在陕西省作家协会的支持下，陕西省青年文学协会面向全省青年作家公开征集作品，经过专家学者认真评选，共有十位陕西青年作家入选"陕西青年作家走出去"丛书第一辑，在文学界取得了良好的反响。今年，该丛书再次面向全省青年作家公开征集优秀文学作品，引起广泛关注，并被省委宣传部列入2018年度陕西省重大文化精品扶持项目。这是唱响做实新时代"文学陕军再进军"的一个重要举措，彰显出陕西新一代作家逐渐走向成熟，预示着陕西作家人才辈出，文学新人在具有厚重的历史文化、丰富的革命文化、灿烂的先进文化的三秦大地茁壮成长。

　　这次应征入选的"陕西青年作家走出去"丛书第二辑十本书摆放在案头，我一边翻阅着青年作家的辛勤之作，一边不禁为之欣喜。这些作品无论是描写现实题材的小说，还是抒情言志的诗歌，抑或是行文优美的散文、犀利尖锐的评论等等，无不体现出个人写作的进步与超越。他们不因为代际、职业和身份等问题，而缺少对世界的独特感受与敏锐观察。在不同的文学领域，他们表现出起点高、潜力大的特点，文学作品整体上呈现出丰富性和多样性。黄朴的小说集《新生》生动地描绘了城乡社会的众生之相，独特地展现了人性深处的幽微和光芒。武丽的小说《明镜》采用第一人称叙述，笔触精致，情节跌宕起伏，展示社会上特定群体不为人知的一面。刘紫剑的中短篇小说集《二月里来好春光》则多维立体地揭示了日常琐碎中各色人物的生存真相与悲喜故事。王闷闷的中短篇小说集《零度风景》用传统的文化底蕴和现代文本意识，表现当下社会高速发展下存在的问题，以及人与天地与万物的相抵触又相融合的矛盾复杂的心理。毕堃霖的诗集《月亮玫瑰》中一个个自然的物象，在她灵动的笔下，被赋予更生动更多义也更纷繁的诗学意义。穆蕾蕾的诗集《倾听存在的河流》折射出她精神探索的轨迹，随处可见她伫于一物一思而成的诗絮。刘国欣的散文集《次第生活》主要是对生活的内观活动，尤其对童年生活、民间陕北的文化记忆进行了观照。曹文生的散文集《故园荒芜》以故乡为载体，写乡人和事物在现代化冲击下的突变。王可田的评论集《诗观察》通过不同角度、整体性的观察、论述方式，对不同年龄段的活跃在诗坛上的陕西诗人进行了详尽、客观的解读和阐释。献乐谋的网络文学《剑无痕》以沈无眠为父报仇的桥段作为主线，体现出了天外有天、山外有山的感觉。这些作品在显露作者文学才华的同时，对于更新文学观念、传承与思索文学技艺、扩展文学疆域都做了有益的探索与尝试。

这是一个生机勃勃、千帆竞发的新时代，更是孕育文学作品、催生艺术精品的新时代。陕西的青年作家应该勇立潮头，敢于担当，肩负重任，坚持以人民为中心的创作导向，记录新时代，抒写新篇章。要抓住 2019 年中华人民共和国成立 70 周年、2020 年全面建成小康社会等重要时间节点，深入挖掘人民群众的豪迈激情和奋进历程，潜心创作出一批讴歌党、讴歌祖国、讴歌人民、讴歌英雄的文学作品，为实现中华民族伟大复兴的中国梦和陕西追赶超越提供强大的精神力量！

（钱远刚，陕西省作家协会党组书记、常务副主席）

目录

········

沉　默

光线，剥开那些房子
像剥开一些橘子。

黎明或黄昏的
光线，一直剥开或合拢着那些橘子。

有人在其中喊：我不是你的橘子。
随着你明灭阴晴，忽而甘甜忽而苦涩。

盯见光源的人，却站在阴影中寸步不挪。
她在漆黑中梳理光线，
犹如梳理自己的羽毛。

当　下

真相永远比思想崭新。
崭新的，似乎我从没说对过一句话。

但我也没说错什么，
只是一阵风，拎着没底的口袋索寻着
另一阵风。

风景翻阅着视线，如此辽阔的风景。
它挖掘着藏在我身上，比我所知更广阔的。

似乎眼不拒绝，心就能源源不断
将它嚼进去。

再用倒影的方式，
吐出来。

真 相

闭上眼，
我没了，却和无限相连。
睁开眼，我显现
却看不到自己背面。即使转过身
无数个背面——
这真实的局限，也在诞生……

闭上眼，诗从
源头涌来，似乎能触到浩淼的海。
睁开眼，连沙滩都在消失，
只留些许枯诗藤行，
垂钓着正在蒸发的水滴……

空

清晨，你苏醒的指尖碰到我的锁骨
像一把树枝，伸进水中。

枝条触碰到水的空，
我感觉到自身，被捅出一个大洞。
仿佛肉身被几缕晨曦
照射，照出的质地只是一堆震动尘埃。

不是想象中那般沉重，艰难。
而是感觉到
肉体存有的真空。

空的，
可以让自己住进来，
让你住进来，让整个存在全住进来……

沉　默

现在，沉默在你我间升起来
像水浸没过沙滩，晨曦弥漫过山峦……

更轻柔的情绪，
在一些朝露和青草上拂涌。

把所有过往全扔进去，
都会鸦雀无声。

冷峻的河流，此刻这般深不见底。
有那么多空间，容纳蒺藜与细刺。

如果沉默就这样，
在忙碌的指尖盘绕着不断升起……

良 辰

大雾。被打湿的鸟声。
花的香踩在雾白里，留下绯红印迹。

一些机器的轰鸣
像子弹，被落低的云朵吸附。
一些路边的水洼
在聆听着石头的耐心和时间的柔软。

我和窗台上那些
植物一样，有着绿色表情。
把早餐当泥土，把大雾当加了牛奶的空气。

我将没有怨恨地喝下被给予的一切。
如果能像植物一般沉静，我会不断感恩，
并知晓，我没得到一点不好。
连历经的苦难，都是没裹糖衣的良药……

木 匠

木匠推出的层层刨花，
是痛苦的鳞片。

看不见的木匠一直在体内推，
他操控着人类的良心。

叛道时，他凿子一转，
血肉之躯，瞬间会呛出一脸眼泪。

卫道时，他会拿起
柔软的皮尺示意，此刻言行才合乎准则。

手握利刃站在道中的那个木匠
是每个人的修正与引导者。

阅　读

一

永远不知道
我的下一页写着什么。

夜晚，闭眼合上自己
这册书时，
我轻轻叹息着。

此刻，阳光又打开新的页码，
可下一句写着什么内容，依然字迹模糊。

我是被眼睛翻动给心灵阅读的书么？
这是多么诡秘的天书，
书也不知自己的内容，旧页与新页皆隐匿如迷雾，
只有当下，打开如谜面。

偶尔，这书还兼具碎纸机的功能，
吞下被喂进的字，然后等莫测中一种遥远的密码指令。

此刻，冬日阳光细软的指尖正挑动书页，

我被字下隐藏的信息，深深迷惑……

二

读万卷书后，才发现抵达无知的起点。
以后的阅读只是被证明，关于真相我一无所知。

渐渐，似乎有一只书中的手开始翻动我。
看一眼就心慌意乱，因为乱码的天书正置于自身。

无法解密，只好在沉默中傻等。
等着每件事中，自己的丑陋被揭开，
自己的鱼龙混杂，善恶兼具被揭开。

然后才知道，被谴责的存在
和自己一样可怜，除了用爱将她紧紧拥抱，
否则，没有一种耳朵，
会接收到非爱传来的哭泣和求告。

三

秋后，夜风吹过的屋子
像一条清凉的峡谷。

晾衣架银色的质地上
几件衣服，藤蔓般在晃动。
被装了十年的晾衣架

一直没动，季节也不能撼动它。

如此静静不动的，
还有墨绿书柜，玫红地毯……
这屋内的所有物品
都像得道了。

一言不发，逆来顺受。
由我支配，给我使用。
这屋子，最心浮气躁的
就是被称作万物之灵的我。
我把它们用旧，抛弃，买新。
再用旧，抛弃，买新。

它们，这些纯物质
多么有耐心。它们默默注视着
我潮汐般劳而无功的精神……

四

湖面上的月光，静静翻读着
水写的书。
睡莲抗拒被睡眠长久捕获，夜夜
写出新的标题。

沉默的橡皮擦被风捏着，涂抹
雾霾写错的字。
暮色中，水滴刚把睡目眨动，

月色便看清了：

那是时间隐匿的黑瞳。

五

真相在万物中延伸着
窗外想停就停，想下就下的雨
靠的是它的旨意。

真相不睬人的期待，
它有它的时辰。
它就这样踩崴又踩好一颗蒲公英的脚踝，
告诉它，
如听不清它的来去
还会继续被踩。

万物明晃晃的存在，
不偏不斜从万物中到来的，
总是它。

你听，林中的鸟鸣
在空气中形成多少黑色的小坑。

细雨如何心思缜密
总不能落入
这也是它无缝的天衣在飘动……

真　实

我们捡过的爱的叶子，
逐一随时光枯黄，最终片片凋落。

是爱在我们之中永无止息发生，
而非我们是爱。

我们呵护过的生命，
在惋惜和留恋的泪水中不断衰老死亡。

是生命在无数的生命中活着，
而非我们是生命。

看　见

对错是硬币两面，坚持对就一定携带错，
如果能看穿硬币背面，你会不会拎起其中之一？

欢愉是阳坡，苦涩是阴坡，一生已翻跃过无数类似山峦。
如果不朝向阳光，也不会招来阴影。
你还要用甜蜜自我麻醉，用表面继续自欺？

幸福是荷塘绿水，不幸是淤泥沼泽。
绝无可能采其一，而不涉入其二，
你还要趟这纸糊的幻相，成为被温水煮死的青蛙？

痛苦在欢乐后瞪着
警觉的黑眼，恶梦打着美梦的幌子等着捕捉猎物，
何时，才能不鼠目寸光？

看长远点，抉择会不一样。
看透彻些，就会放弃选择归于安然。
一切还会动荡起伏，你还要穿越滋味万千，
但心已上岸，定力会逐日攀升。
甚至因无择无执，而目光出离，不誉不伤……

纯　粹

诗本身就是幸福，
和诗无关的带来痛苦。

爱满足于爱自身，
和爱无关的带来杂质。

这就是法则，
它在给的同时拿，
拿到上帝赐予心灵那种无法目睹的礼物。

这就是纯粹，
事物在事物之中
得到完整的因果与价值印证。

雨　声

一

雨想一阵，写一阵
忽而临风小楷，忽而急就狂草
细细探究字意
落到心底的，行行都成诗

二

雨来时，
细胞就自行排列平展

让雨将自己浇灌，灌到骨缝长出黑色木耳
灌得听觉的原野绿草融融。
灌到生命像喝醉的草木，歪着身子与云雾干杯
灌到语言成为多余，皆交给沉默演奏

雨在窗外，人在屋内
何以会觉得，大地就是铺展开的自己……
何以就觉得，听雨的耳朵也翠绿潮湿……

天使教我这样歌唱

我豁开碧水般的秋阳，幸福走在街上。
冬阳太冷，夏阳过烫，
惟有秋的温度恰好，可以沿着她的光芒，
深入到一个又一个远方。

我豁开丝蕊般的秋阳，嗅着她成熟的芬芳。
黍葵已经在光线中金黄了一行行，
风吹葵叶的节奏让我忍不住踩上，
歌唱，歌唱，
我多像一枚秋叶向着大地飞旋咏叹！

我豁开绸缎般光滑的秋阳，走在街上，
我目露天空，笑意中卷过岁月沉淀下的灿烂金黄……

我豁开秋阳，像小溪汇于永恒的秋水，
我豁开秋阳，像执着于最钟情眼神中的颜色，

我豁开秋阳，
却反身走向她，这永远不会失去的接纳与怀抱
我豁开这一遍遍淹没着我的秋阳……

探　源

无论我说什么，
或者做什么
这一切，
无损我对你的爱。

无论你说什么，
或者做什么，
这一切，
无损你对我的爱。

超越言语混乱的无意识
超越行为被习气驱动的无意识，
超越一切表象，
甚至昙花一现的肉身……

我们对彼此的爱是都永恒的，
因为爱的层面一旦启动，
就来自永恒。

而我们的存在，是从爱的手心，

放飞的一群纸船，或者白鸽。

我对你的爱，就是你对我的爱，
这是同一种物质，同一个层面。

当你说，我爱，你指的是它，
当我说，我爱，指的还是它。

要辨清这水，
别迷惑于一群浪花。

当　下

把此刻，连同入口的青菜一起裹着吃下去
尽量不让牙齿开动
记忆中频率过快的马达，努力不使头脑再次运转
这安静于自身之上的跑步器

把超出自己的部分都唤回来
让一颗滚动的露珠，
能静静立于一片足够擎起它惊恐的荷叶。

不多出自己。不吃黑色的过去和金色的未来。
不让够不着的虚无，咬伤牙根。
把溢出自身部分的虚无，妄想，
全都借当下之手，用心灌入自己这柄缄默之壶。

就像此刻，我多么缓慢地品尝着一根青菜，
用咀嚼的方式问候它的泥土原野。
而四面八方的时间，
也就着空气——这光滑清凉的蘸汁，
一点点蚕食我⋯⋯

苏　醒

瓜熟蒂落时
滚到手心的苏醒浑圆又温暖。

半生不熟时
被睡眠分娩出的苏醒，带着酸楚的绿液，
让睁开眼的身体中，
挂了一件没被拧干的湿衣。

如何改变沉重，从清晨轻松起飞，
据说，姿势会改变意念？

有意识让嘴角上扬，保持轮船出海的样子。
有风，便将躯体吹成一面渐渐张开的白帆……

时　间

时间是上帝
赠予心灵最大的储物柜

扛不动和不便携带的
就随手放进
路旁那一间间
看不见，但随手可触的时间中吧。

如果，
它会腐烂消亡，让它成为滋养成长的泥土。
如果它是珍珠，注定为你带来恒久的光明。
在某个时间点重新打开，
便还会相遇。

但却不是现在。
现在，
就把这过于沉重的，无法理清的，
都扔进时间之柜吧。

看你脚下，
黎明已经打开新的道路。

春　望

车声，像雨滴落进耳膜
清晰地在意识的触屏上点开一个面孔：
立春。

想象她的袅娜与娉婷，
像春麦浮出霜地，仙鹤立于沙滩。
像鸽子滑过天空的喉咙，诗句跳出严明的字典……

可初开的蟹爪兰还披着没被拽光的寒潮。
所有新芽还没顶动麻木的封杀与昏睡的桎梏……

需要把心底的渴望拉得刺耳又尖细，
需要把它箭矢一样，从每个人的心坎上射出去，
正中节气翠绿的靶心。

然后铺天盖地的花颜，
就会腮沾雨水，目漾春风地向我们涌来……

看不见的手

醒来,加减乘除在不断运算
直到睡眠,将一切以黑屏的方式清零。

再次聆听这计算,再次感受
身体的计算器精密无比。再次感受那种
自动的开启,自觉的关闭。

然后,再次感受被归零。
和归零后,各种运算的逐渐开启。

生命,在替谁运算……

床

形似一叶舟，
而潜藏在一叶舟中的海
有多大啊。

飓风曾吹起头顶的天花板如鼓鼓白帆，
飘摇千里，却全无风景。
海浪曾把四面墙壁晃动，小屋彻夜漏雨，
成了不见灯塔与水手的夜航船……

一只只萤火虫
从梦里，数度碾碎它的漆黑。
一声声布谷啼，
曾把这叶舟风筝般放上了天……

幻相褪去，一叶舟收起一片海。
一张床，像神龛一样将一个人举起：

庆祝她，
又一次战胜摩罗射出的毒箭……

茶杯

空空的茶杯，连孤独都被倒掉了。
晴空代替昨夜的雨敲窗棂，这熟悉的场景
说明，哪里都有更大场域的故乡。

记忆的沉渣已被夜的手清理。
兰心蕙质的茶杯，还会借着日子
冗长的阴影，再调制另一杯。

土鳖虫、芎、当归做成的褐色胶囊
杨梅酸甲酯、姜樟油勾兑的红色液体
这气味，连一只苍蝇都不愿飞来
连飞进来的蚊子都不肯多叮一口。

茶杯还在继续调制：
夹入几个杨梅，西红柿，土豆
再放些烧牛腩，橄榄菜和发糕。
然后，看着汉字
就着音乐将它服下。

它从没能给一只茶杯解渴。

想喝的唇似乎隔了层玻璃。
仿佛它需要的
是另一种水，另一种食物。

百味杂陈的一杯茶
天天如此无用的形成，
又是谁允肯的浪费？

或者，有一个看不见的味蕾
在周而复始地将它收割，
并借夜的手，把残渣偷偷倒掉？

醒　来

一

晨光熹微，虫鸣
绒草似的，延展在苏醒的意识中。

时间尚早，闭上眼想再去打捞几滴睡眠，
心口那只下沉的木桶
却再也触不到水源。

我醒在熟悉的地方，
却在每次醒来时，
感到陌生。

身旁的他，均匀的鼾声像
灯光没熄的手电筒。
他还打着自己的光，穿过茂盛的灌木丛
汲取从睡湖流过来的溪水。

他昨夜去过哪里，我不知。
我每夜去过哪里，他不知，

甚至夜夜刻舟求剑，都时常迷路。

睁开眼，
我们就继续肤浅地活着。

看不清熟悉的方寸之地，
其实深不可测。

二

无，就在闭眼之后。
没有边界与隔膜，世界黑洞洞融合在一起。

车声从头顶踩出
轻轨般的路。雨声，从耳畔滴下虚无的痕迹……

声音打开我，以万物之有，
将我分离成孤独。

有时，更愿意感受无之漆黑。
感受无名的混沌，将我们紧紧融化在一起……

病

人人都有病，
各带着各的病。

假如生病，
请生一种庸俗化的病，
好在满大街药店，
都能找到那种
对治大众细菌感染的
广谱抗菌素。

如果生些疑难杂症，
那么在漫长一生的救治生涯中，
你将满世界找不到专科大夫，
更在幽闭的住院期，
找不到一个
可以聊聊病症的人影。

雪 后

像溪流失去白石，
沙滩失去贝壳，大海失去鱼群
没有云的天，空了……

死去的云却被
干涸的土地，枯黄的枝条在吮吸
万物如此隐秘转化
比秒针更纤细
更极速的风，从毛孔中伸进来

拧去细胞中的营养，头发中的黑汁
我真正的年华，就在阵阵时间之风中顺水漂流……

但我已经无所畏惧这忽明忽暗的摔打
云摔在地上，成了雪
雪摔进泥土，化为水
把我卑如沙粒的生命摔打进死亡的喉咙，
又有什么可怕？

劳　累

疲倦这种附骨而生的蕨类植物，
又在身体里泛青。

劳累像几只灰色斑鸠，在绿草上跳跃。
肉体大地，又在经受着倒春寒。

惟耳朵里咕咚着井水。

窗外几只麻雀的叫声跌入耳膜，
它们来井边喝水。

它们的啁啾连同脚步声，
就像子弹上膛，就像谁在扣动扳机，
要打死……体内的劳累之鸟。

感　冒

这是何种语言
弯曲的酸涩，躲藏的冰冷
拧动每个打蔫的细胞
进行教化

这是来自哪里的雨水
从内往外掉落，旷野的潮湿
无人触碰
没有念头能在此地存活
赤裸的脚，也无法行走冰地

谁能从里面点一盏灯
烧了那寒鸦，暖亮
昏沉的眼。

回　忆

残雪被干枯的蒿草喝光了。
场地上只留下黄昏低沉的卷舌音。

消融的还有时间。
把时间纸页再从窗前回拉一点，
拉到早晨，那时满满的雪还在草地上坐着，
有的甚至坐到路上。
以至于推孩子学单车的母亲，
格外费劲。

她穿着黄色羽绒服，孩子是蓝色的。
她们的奔跑骑行把我的视觉不断扭动变幻。
她们绕圈跑了多久，我的眼就盯了多久。

寒冷，都被这热情温暖化了，
甚至她们每次跑过后，就不断弯曲旋转的道路。
这沉默，但绝不无动于衷的道路……

挂　钟

寂静
在耳畔铺成雪
时间松针的凋落清晰可见

秒针更新着每个当下
思维却像分针，半天挪动一下
记忆盘踞的时针更是庞然大物

多久，多久
仍将一个人
琥珀般胶封在变幻的情境中

一　生

她笑时，像泥土裂开自己。
我看见无数条蚯蚓在皮肤之下，给时间松土。

什么样的种子种在里面？
什么样的果实要从人的土壤中长出来？

阳光，清风，连同这些微生物
都在其中劳作。我始终难以目睹人的收成，
却看见利刃正一刀刀割过……

发 烧

一

冷进去，拧开自己的阀门
屋子开始打起寒颤
热被冻醒，也愤怒拧开手中的阀门
热与冷嗔目对决

绞杀一地的，是细胞的纷纷落英
它们生无声，死无声
皆为各种意志的牺牲品

但有种悲泣，为它们而鸣
犹如此刻这肌体，怎么也高昂不上去的调子
犹如满屋涌动着的阒阒安魂曲……

二

寒气这只小偷，
在炽热的细胞开窗透气一刹那，
溜进园子，将生机从枝头折去数瓣，

将筋骨踩酸，踩成沼泽。

等卫兵警觉时，皮肤下已狼藉满地，
守护身体的卫兵唤来细胞万千，
寒冷的颤栗瞬间升温，被胸口一把火焚烧，
烧过头顶指尖，烧到滚烫的热气冒出来，
烧了足足一夜，烧到寒气的小偷无法容身，
烧到它散布的病毒纷纷夺命而逃。

这场叫"发烧"的自卫反击战才停下来，
一个人才能貌似高屋建瓴，
用文字假装自己刚刚鸟瞰过一场战争……

我认为

一

我认为
是一把定义的刀
把一切我不认可的事物砍去。

有些柔软的事物
能被砍死，
但你因此没听到柔软在细声说什么。

有些真实则非常强硬，
必得磕破你的刀尖，才能让你在疼痛中看清：
实相是什么。

二

我认为，
这把尖刀哄骗了我多少年。

让我
清除异己，视而不见。

让我只看到
我的内心投射，我的定义与判断。

我被我的认为深深局限起来。
我被我认知
画地为牢，不能看见更广阔与更无限。

每次
当我的认为被事实击得粉碎，
我才看到
打碎一朵想象的浪花，反而回归于无边海洋。

三

摔碎
这"认为"——头脑不断形成的涟漪。
摔碎
这"自我"——头脑不断累积的虚假。

摔碎，
总是让我看不见真实的
意见的快刀。

摔碎它……
像海洋
摔碎一朵朵自以为是的浪花……

机器人

从耳进去的话，心没听见。
心攥着的话，却指挥不动脚与手。

头脑明明喊不要拿，吃这东西对身体有害，
手指却没长耳朵，早将东西塞进口。

眼睛盯着地铁站，却被电线杆碰青腿。
边看电视边吃饭，就着红烧肉还能咬破舌。

想完七想八，总将初心忘得一干二净，
忽而悲伤忽而喜悦，被情绪的阴云恣意捉弄。

你看我多像机器人，衔接到处出现问题。
其实人就是个机器人，
每个器官都各做各的，根本不能统一调动。

除非唤醒意识的太阳，
才不让它们各自为政。

从说到不说

我在错里看到对，在好里看到坏
在黑暗中看到光明，在怀疑中看到信仰。

在一切事物中看到它蕴含的对立面：
那真相的影子，事物的自身。

这种看见让我发不出任何声音。
因为刚欲建立，即被自身否定；
刚欲摧毁，又听见良心的坚决与不忍。

我包含一切矛盾，
迭起的语言不断漏洞百出，
自己被自己打倒，将自己颠覆。
时常莫名其妙，经常前后不一。

我于是更加明白，
出口的都是错，
唯有不去表态的沉默，
睿智地包含一切。

生死书

一个活人想体验永恒，
请到死里去。

一个死人在死里活腻，想了解瞬间，
请到生命里来。

翻涌的浪花是活着，
跳跃的水滴是生命，
这是微尘的认为，局限导致的视角。

当一滴水确之凿凿，
更大的陆地在海之下，
死神般，抿了抿潮汐般的嘴角⋯⋯

房　主

终于回到这房间了
没人看出，这间办公室
早晨八点和此刻十一点有何区别
我进出好几回，微笑总相似
却没人看到办公室是空的，我是空的

一上午，我不在自己，不在房中
我去看过雨水亲朋，看过书和希望
却惟独没有看看这间办公室和我的躯体之房

当我不在这房间时
任何声响都能将这栋楼震撼
我的躯体脆弱得像一株芦苇
什么都能将它摇动
我听见房间不安，而我的灵魂飘在空中
嘤嘤哀鸣

直到所有叩敲之门逐一关闭
直到所有希冀全部化为乌有
才回来，回到骤然因我而光明的房间
才发现，只要我回来
这房间就有抵御一切苦难与黑暗的神力！

命运交响

一

空气滋滋作响
海水般的空气灌注一只海螺

每一次的波涛弹奏它
每一次深海的起伏和痛苦的褶皱
都在它的肤壳上留下纹理

小小海螺以为
漆黑中那个死角只要顶破
一只海螺就能为一片大海找到出路

可年复一年
只有遥远的螺号，在唱着哀歌

空气滋滋作响
海水般的空气在灌注一只海螺……

二

曙光
替一个人的大脑开机
这高速运转的电脑
如此完美根植于人体

演绎，运算，记忆，图像，声响……
它自拍自演自导
让一个人经常跌入自设的迷宫

有一种意识，已经觉察人脑的缺陷
于是企图关机，或不时断电
可发热的机器经常
转数太高，或被想象带离此地太远。

有些夜晚，所有神经元都兴奋地
变成血液之河浇灌的黑树
树林中，多少只电流组成的鸣蝉开始疯吼
吼叫得苹果花在冬日盛开
连月光的抚慰，也无法让颠倒闭合……

三

生是河，死是岸
白日是河，夜晚是岸

苏醒是河，睡眠是岸
我爱河上的红花落叶，不系之舟

午休是舟，小憩是叶
闭眼后的世界是神给的
甚至连梦也是桥啊，桥梁上的字
说着生的一路艰险

无可避免的生命每日滔滔流去
但支撑人的
仍是黑暗睡眠，这死亡般拂过所有生命的手

轮 回

一堆火，在田垄上燃烧
一根粗壮的木头，被扔上去，

那死亡的树，作为木头被扔去燃烧时，
却像牙牙学语的孩子……
它身为树时积蓄的能量，正在火堆中一一分解。

当黑色变成灰白，当凝固之力消解为虚无粉末，
作为泥土的一世，才渐渐拉开帷幕……

睡　相

醒来，
看身旁的他还在梦中的表情：

无辜，纯洁，诚恳……
没有醒时的执拗，没有生气时的撕裂
彻底褪掉人壳——四十多年形成的自我之壳
还原成赤子，
是我所爱的那个深核……

梦被他的胸膛呼吸着，
睡眠宛若奶瓶，正挂在一个婴儿的嘴角……

保持完美的沉默

被舌头操纵的时刻，我深有遗憾。
表达出来就已残缺，
那隐匿的部分，总在穿越黑暗后呈现。

被惯性驱使的时刻，让我心有遗憾。
总急于总结判断，等到枝叶长满果实结出，
头脑的浅薄会被真实不断奚落。

仅凭习气反应的时刻，让我心有遗憾。
没意识到言语非真，多少薄冰般的关系，
就被一时之快的言辞，踩得分道扬镳。

一再由情绪做主的时刻，让我深表遗憾。
知者并不计较，但我却懊悔被大雾蒙眼，
让尖刻的污水一次次溅湿他衣角。

每个发言都是以点代面，
每种思想都在以偏盖全，
唤回即将出口的，
让它归来，拥抱真相的另一半。

召唤外涌的流，
让它归入沉默的海，
品享声音下无法言说的静寂与圆满……

等疼痛过去

疼痛，
像久未弹奏，锈迹斑斑的数根琴弦。
没有哪句问候，
能抵达藏于阴暗中的沟壑。
没有哪根手指，
能将它们寻找并慰籍。

就放一首曲，将苦涩弹奏。
就淋一脸雨，将干涸滋润。
就由这阵风，将沉重晃动。

密集的雨丝横斜交错，
却没有一滴，会落错该去的地方。
那么，属于
每个人的阴晴也是。

如果哀叹落在胸中的声音过重，
或许就能震碎心头的铁锈。
那时豁然开朗的洞见，就会像亿万根闪烁银针，
直插向疼痛——那无明形成的病灶。

死亡的真相

一

走着，死亡在脚下
躺着，死亡在身下

死亡像生命之根
摇曳可见的部分只是树身
死亡是埋在泥土之下的部分

所以当人在走，人多像棵游动的树
而躺着时，死与生
就在一个人的安静中，对分绿荫

那时活着的是风，鸟，与空气的流动
人半插于死亡的水瓶，
感觉更深处的死亡，像黑色海洋
供着一个人的生

人若在水中沉浸得更深，睡眠
这最浅层的死亡就来接她

心灵的安抚真正的滋养，只有死亡做得到

活着，就是绿叶随风舒展
而死亡是黑暗中的无声马达

二

白日，一朵花在阳光下绽放
分泌着诱人的色彩芳香
而夜晚，一朵花在汲水
在一瓶叫睡眠的花瓶中，汲取黑色营养

一生也是这样
一丛花
明丽的春开夏妍叫做生，枯萎的秋收冬藏称为死
朵朵生命根植于死亡上的植物
叶落根活，生死不息。

唯如此，再凝望一个个日子，
你会发现：
一生一死只是一张一驰，
一日一眠只是一呼一息。
生死也是小事，它链接供养着更大的存在……

每个清晨诞生的孩子

心头
那些巨石，在觉知中消陨时
再次自证为幻象。

感受中的好与坏，
爱与憎，在流逝后才看懂，
均是一阵清风。

再次虚怀
若谷，再次心无挂碍。
再次像个孩子，盛着满脸的无邪笑魇。

无论别人如何看，
只要自己
用没有记忆与毫不累积的空白对待。

或许因为白日总没做到
才被不断打回黑夜。
而夜的黑，
多么清澈又明亮啊，
它将每个人
再次清洗成孩子。

失　眠

一

拿着生命的挂钩，
怎么也找不到睡眠的晾衣架；
在躯体中不断徘徊，
如何也想不起睡眠班车的停靠站。

用呼吸不断拉动风箱，想让无意识的真火
烧得越来越旺，
却不能把念头全部烧死，把意念烧成灰烬……

像发射灵魂的导弹一般
向往外太空全然的漆黑与死亡之境
却目测不到睡眠星球，和要抵达之处明示的着陆点

直到意识到我是多大的障碍
才全然谦卑下来，向着黑夜——这神灵的瞳孔祈祷：
请求他把我带走。

但这种目光刚投出，人就顿时失去知觉，

仿佛一翻身就是睡眠入口，而闭上眼
就是渴求的滋养与庇护……

二

遥远处的声声犬吠，从寂静中传来
像在脑中啃食，打洞。
洞越来越大，我也越来越清醒，
整个人似黏板上的一只老鼠，如何也无法逃脱
白日设下的陷阱。

你在我身边，灵魂早抵达深深梦境。
那份安详的庇护，你正在汲取的滋养……我神往
但无法触及。
让我靠你的心跳更近，
让你呼吸中那条河流的清凉气息，
带我早点找到驶向静谧，驶向睡眠的船……

状 态

春日的阳光，
把一把硬骨头晒成软骨头。

骨质快攥不住骨髓了，
它们掌心般摊开自己，在肌肉的被褥上晾晒。

它们要被晒成液态，
所有意志都获得自由，在瞬间蒸发。
这被称作"我"的整个人也变得无力，正轻飘飘渴望
　　蒸发。

风把头发向那个方向吹，就任它吹吧。
日晷要如何衡量，就由它做出自以为是的答案。

像一棵树，在泥土下汲取练功
这泥土之外的，就由它去吧……

夜　雨

时间颗粒，亿万粒抛洒自己的粉末
仿佛亘古鸿蒙被扯开
浩荡的时光之流回放，又快进着自己
……
这些雨滴，分分秒秒的时间之粒
浇灌着我这枚种子，鼓励指示着一枚种子
迸破梦境，把能量触须，伸进虚空中的泥土
……

时间的颗粒落久了，仿佛涓涓溪流
而我的意识，被打磨成一块白色玻璃
整夜，都是信赖与温柔的依偎，是之内对之外的惦记
……

时间雨滴，岂止落在夏日苍翠之上
在恍惚梦境中，我的细胞就像松软的泥土
吮吸过它的湿润，得到过它的爱抚

我全部生机，都被裹着雨滴的时间敲醒
以至于对清晨的明眸，要这样飞溅绿色与诗意……

翻　新

树叶被风吹动三下，时间就被吹走一秒
时间的颗粒越来越少，但新的时间又涌上来
被风吹走，被叶子翻卷而去

风何时将我翻新，将尘埃弥漫的思想
与风尘仆仆的伤痕从我脸上，皮肤上，眼睛中吹掉
将内心，比新芽更嫩黄柔软的一页翻出来
像这树木一样，给阳光看，给天地看……

整个午后，我就坐在翠绿间发痴
觉得风吹叶动，也让我轻盈，觉得吹着吹着，
我就像新叶，在天地间舒展，而没人看见
心叶越长越浓密，正美在初夏葳蕤汪洋的群木上……

牦牛肉

你的血流尽了，
肉还在我的牙齿下犟嘴
我可以将你扔掉，
但牙齿却尝到时间久违的味道。

你的难缠，你留在我牙齿上的力度，
却让我触摸到雪域高原，
触摸到你的犄角，骨头和铁掌。

冰冷的青草都能温暖您的舌头，雪白的牛奶一盆盆
　　淌出来。
现在这一切在我牙齿的骨质里传递，回放。

让我慢慢咀嚼您的一生吧，
慢慢来咀嚼时间的骨头，给自己补钙。
慢慢祈祷，让存在的原味融进骨血。

相逢将彼此改变，无形的彼此会开始自己又一段历程。
看不见的小溪将悄悄会合，再渐渐流远……

寓 意

生死两极，被一棵梧桐树举起。
此刻死神正赢，所以秋叶正落进泥土的黑嘴。

但坠落之态，多像磁铁在奔赴自己另一极。
此刻，枯叶满地
大地得用一两年来消化这一季所得。
因为在新叶下，陈年的积叶正被时间煮得柔软，
才拨到嘴边，合适死神吞咽。

死神胃口不好，消化与吸收也不行
生死两极其实只是争夺能量，等死吃撑了万物馈赠，
它又得分泌流通出去。

所以，在冬日
最贫穷赤裸的枝头，你都可以看见，
生，满怀运筹帷幄的自若。

时　间

秒针的滴答，固执地钉着限制它的钉。
仿佛要把声音从左太阳穴钉进，
再击穿右太阳穴，将一个人钉进墙中。

谁会在意妄想者的设定呢，
一阵全心投入的阅读，一首晨曦哼起的歌谣，
一些犬吠鸟鸣，一串婴孩由衷散发的笑声，
都会让人忘记时钟之用。

甚至，当秒针在夜晚又滴水穿石般凿过耳朵，
一阵声音与声音的间隔，就像虫洞，
让人可以借着漆黑的下沉，瞬间折叠了时空。

小宇宙

一

心中有爱时，你是自己的太阳。
愤懑涌动时，你是自己的黑洞。

成为太阳，还是吞噬自身的黑洞，
就在于
你能否时刻意识到，
并在反应前，迅速摁灭自我。

否则，
惯性的泥石流很快会把一切吞没……

二

你是爱，但无明时，你也认"恨"作父。
你是太阳，被冲动拨了按钮，也会变成吞噬真我的
　黑洞……

你是发动机，你是决定光与暗的源头。

世人看你轻如稗草，
造物主却把全部星辰交付，

任你玩耍，任你掌控，
任你主宰自己的熄灭，爆炸，或夺目……

自我定位

一

人与人之间
是细胞与细胞间的关系
没有一个细胞能伸进另一个细胞中
去左右，去控制
如此只是在自己细胞内，
被无明折磨。

回到自己的被给定，守好自心的方寸之地
物来则应，物去不留
这是一个细胞
用生存教会人应有的智慧。

人与人之间
是振动与振动的关系。
每个人都在一定
空间做着各自的布朗运动，
没有一个分子会指责另一个分子的运动方式。
仿佛分子

比人都更能看清，各种看不清都符合更高天命。

所以，
它们只是完成自己。

人若不能明了，给别人的好也是灾难。
只有把自己调到和谐，
才能带给别人音乐般的滋养与享受。

二

无限的仰望天穹
不是虚妄。
每个小的存在，只有看清自己在无限中的位置，
活着的事，才会有价值。

无限的深入
内心，也不是自恋。
了解自身的频率，调节它更符合存在的节奏，
每件小事，才会有不同的视野与取舍。

忽大，忽小
这是人为看清生命的底片，
在不断对焦……

我是震源

在一切关系中，
我是震源，是品质和道路的决定者。

不再向外抓取，
即使波相互相减损，而非相互递增
我也只回到自己，原地踏步的蹦跳。

饮光，把自己浇灌得更透明，
食风，把自己滋养得更顺从，
浸绿，将自己擦拭得更清晰，
沐水，将自己浸泡得更柔软……

当拥有大自然的一切品质，
我可以把所有生命包裹其中。
如果不能，我将继续在大自然中打开，
让自己无限开放，敞亮……

我是震源，
我的品质决定我们关系的品质，
我的视野决定我们彼此的道路。

但我的震动，将跟随隐匿于大自然中的神秘者。
只有和他同频，
这尘世中各种繁复才会简单起来，
才会跟随着我的频率。

我是震源，
是我遇到所有关系的领舞者。
但我的目光却注视着那无形……唯一的示范与首舞……

所谓放下

放下，不是将人事掷远
你调动心头的能量将其掷出有多远，
返回的力量也会有多大。

放下，
是将你看不见，无法把握的部分，
交给神。
放下，是信任各自的存在之流，
相信造物主在所有人事上的安排。

放下就是
从心智上清空剪断，
就是回来，在每个当下做好力所能及。
放下就是不左右
别人的流动，并安于自己的流动。

放下就是信任苍天：
每个人心灵放出的白鸽，都会在某个时辰归来……

清　晨

曙光，穿过纱帘，穿过茉莉花丛漫进来
用它的清凉与潮湿，冰醒了我的意识

鸟鸣与雨滴，在窗外交相起落
清新的声响，仿若撒入水中的白砂糖

这微甜的落雨和翠绿迷蒙的清晨
我将用怎样弯曲在唇角的喜悦，
才能忍心将它的美妙饮下？

暴风雨

春天的大雨让草木欢喜，
也让我如此兴奋，不时要开窗探望。

突然，两只燕子凌空飞过
它们每一次振翅，都被如注的大雨浇灭了力量，
但一转身，它们又向更高处搏击。

我的心纠成一团，生怕它们力竭而亡。
它们为何不敢降落，是轰隆隆的城市不堪信任，
还是要寻找失散的燕群？

在它们正下方都是绿茵，
所谓的危险也只是自己想象。
但此刻的大雨，又如何能搏击过它们想象中的风雨，
这挣扎，反而让它们
看不见真实，正成为暴风雨中最惨烈的暴风雨……

我长久地注视，直到它们
在目光中变成黑点，
直到在搏击自己的暴风雨中，它们一点点消失……

认　知

每当别人认为我是什么，
我就金蝉脱壳。
每当别人认为我不是什么，
我又虚晃一枪。

我是无法
被任何目光与言辞逮住的神秘存在，
总是虚实相生，
总是计白当黑。

我是什么？
下潜，
下潜，
离开表层的浪涛。

当你知道
你的海底有什么，
自然也就知晓我。

清　洁

北方，总是落灰并要不断清扫的屋子，
曾让我不断想起西西弗的石头，想起无法跳出的轮回。
如今，我爱这
陪伴着我的书桌，地板，凳子，衣柜……
它们是我淤泥里的营养，我灵魂的荷花
必得从这黑暗的汲取中才能生出。

物质，比我脑海中飘忽的精神靠谱得多，
它们忍受着我怠慢的使用，无情的丢弃，还一言不发。

总在低头擦地板时，
我才能领悟到这其中潜藏的奥义。
所以，触摸每一处的灰尘
都会让我心怀怜爱。

它们就是我们。它从我们中间掉落出来，
如今，
又将在寂灭中开始新的组合……

命 名

我叫你上帝，佛陀，真主，
还是叫你天使，存在，或者亲爱的？

你是这所有名词之下的。
你与我之近，就像空气涤过肺腑。
你在我之内，也在我之外。

其实，
又哪来的我，分明是一个个紧挨密布的你。
所有名字浮动在人间
闪烁的，是你。
那些名字发出的声音替万物命名，
终将指向你。

所以，我更想叫你亲爱的，亲爱的
就像呼唤我自己。

看 见

夜间，猛然看到
自己在梦中的表情，就像一副在释放毒气的面容
似乎正渴望，睡眠把身躯里的痛苦拧干。

这越来越觉醒的身体，
不断向我展示着，头脑如何将它折磨，奴役。
它像水银般在我眼前起伏，演示：

随着一句恶语出口，随着一个心念闪现，
能量如何被导向低级，
身体如何因而脱轨，经受疼痛的阵阵袭击……

白日，我开始对自己警惕又小心。
夜里，更是把睡眠当作一次朝圣。

因为，没有天使之手用梦的波段给身心重新调频，
我便不会在每个清晨，洁净到犹如重生！

清　晨

鸟鸣，这音乐喷泉，
从耳朵——这听觉的泉眼中，
此起彼伏地喷出来。

墙壁上的钟表里，
指针，正拄着时间开岔的松木拐杖，
在湿地上留下歪斜脚窝。

阳光
像融化的金子，在白色的墙壁上，
被缓缓筛析，流动；

道路，
这孤独的嘴唇，
正等着
一串串叩问，深深吻进来。

这逐渐打开的一天，
其实怎么走，
都是有爱的，都是领受过祝福的。

爱 人

一

想起你时，
你的能量就从墨绿色书柜走出来。
空气般将我环绕。

我看不清你的样子，
但能感觉我的微笑贴着你的脸颊。

我知道你是万能的，
于是狡黠的喊：
我背痛！

突然，
低头看书的我，
像被拳击了心口，一下
挺直了腰杆。

二

我以为

黑暗星空中没人
我以为
空荡荡的空气中没人

然而，
你在。
你有无数能量，
可以站在每个人的面前。

早知你在，
早知你如此爱着我们，
并且形影不离
我又何必眺望遥远
眺望让我失望的人。

从此，
我的心无需爱人，
因为你，无处不在。

秋　风

秋风吹得
人都变成了水草。

秋风再吹，
时间就碎成沙粒，细白地
躺在滩地上休憩。

秋风还吹，
万物都生出
一种和声，来回应这柔软。

袅袅的尾音下
起伏着光阴——那黛青色的山峦……

和 解

也没有爱或恨的人，
也没有深刻的痛苦或欢乐。
经历过半生的波峰波谷，
开始珍惜能量，节省振幅。

明白不会有更好的人事，
便能放弃妄想不再求取。
在每个当下，
做应该做的，面对必须面对的。

从自身吹出的，是阵阵终会熄灭的风。
每件事后形成的结论常被下件事更改，
不断形成的认知总被潜在的真实嘲讽。
于是，心生警惕，
战战兢兢，如履着自身的薄冰。

写出的文字就像晒干的枯草。
新鲜的汁液和果实，
要用自己的手脚种取，用自己的味蕾品呷。

活入生活的，忙于体味难以表达。
说出的，只是景点讲解词，
永远无法带你领略真实的丰富与深意。

跟着为你呈现的情境，
这逃脱不了的此刻向前走吧，
最好的不可能从别处来，
此处就是泉眼。

守好，并打开
这孤而不独的一颗心吧。

坐　标

一

想要入睡，目标一旦建立
不知目的地何在的心念，就像冲出蜂巢的马蜂
瞬间，摧毁了我的夜晚。

直到这种平面运动自知无效
直到疲惫让一个人彻底臣服
一种垂直跳跃的，像雨滴滴答着石坑的声音，
在一个人内心响起。

直到全部的触须都收缩，回到并安于自己。
一种无为之上的手，
才替你调到一种新模式——睡眠。

二

尘世上的一切事
皆是如此。
你无法凭自己做成那些关键的，

即使在平面上竭尽全力。

除非让存在来掌控那些严肃的游戏，
除非，以它来做伞柄。
否则，
大雨就会将你淋透……

落　日

光束，
从太阳这圆瓶子中倒出来。

此刻，
它正被缓缓收回。

这浇灌过我们的甘露，
早就被精巧的心收进灯盏。

夜晚降临，
你看那晶莹的露珠满城垂挂，

颗颗都是对
暗的敬意，对光的感恩……

此　刻

醒来，漆黑中隐约的车声，
像一根细线轻轻穿过耳朵，以某种活着的
速度，将我轮转。

在这窄小的存在中，内心浩瀚无边的空间
却像被黑夜这部清空机打印过的纸张
抹掉所有悲欢离合的字迹，以向白昼致敬的方式
等待更慎重和更有意义的书写。

觉察到后，我变得异常宁静。
更大力量在我之上和之下运作，我这一张白纸
只是他需要数据与信息的承载者。

我能去做的是：
保持这面镜子的纤尘不染。

流 逝

秋雨，这把软毛
刷子，又在天地间仔细涂抹。

它一定觉得色彩不够绚烂斑斓，
不够把时间煮炖万物那滚烫的沸点凸显。

它要用色的高温，
表达出万物疼痛而尖利的叫声。

谁在隐秘处
执笔，也这样暗刷着年华？

色彩之下，
寒风中一株秋葵利刺般的诘问，

也晃动了
我黑发中的所有白发……

作 业

风穿膛而过，
秋寒像亿万根银针将昏沉扎醒。

一个人不再成为满带观念与审视的过滤器，
而是谦卑成低若大地的通道，
让万物大步穿越自己。

空气在暗中拉着流水的琴，
鸟鸣像落花，清凉与幽香在脑海中浮动隐没。

一个人不断忘记真实是什么，
只是撕裂着，敞开着，
要像天空，用翻转的漆黑或明亮，把整个存在装进去……

发　声

我不质疑周遭，除了自己。
这使得所有声音都被腹腔吸收。

像落花只是回到根冢，一切视觉
都在破除局限中，找到新的祝福。

我看下去，
越看越发不出转瞬即逝的言辞。

或许由于季节的缘故，
可为何热爱吞咽所有生灭的寂寂泥土，
胜过果实与花朵？

沉默在我身上，一遍遍合拢鸣声。
我试图在一首诗中练习发音，
却像哑巴做着口型，被更深的一眼望见
旋即消隐……

天　鹅

锦茵覆涌的坡地，妙境横生的庭院
蓝丝绒点缀着白芍花的天空——帷幕一般垂盖下来

被禁锢于一方湖面之上的你，多像被
这九层宝函供奉的珍贵舍利
随着水波，发出层层白光……

渺远的孤愤，已经渐渐淡忘。
彻底的隔绝，逐日化作滋养。
从此墙到此墙的一箭之距，在崩溃中分解成片羽——
那正在向外波及的芒。

而你，还在这时空的中心——真正的囚禁之地
以游动，弹奏着六合……

车 声

听觉中，受限的波段形成的圆圈
从耳蜗里晃出去，像一个个光晕，在截取着它要的尺寸。

夹脚三十五度六，或直径二点八公里
这有限距离上的一段车声，一整夜都挺着金属般刺耳
　的坚硬，
不知要证明它在，还是以此证明我在。

束在源头的一截风，以同一姿态被吹得哗拉作响。
被折断的树的纹理，在肋骨之上以木质抵问肉质。

整夜呼啸，仿佛是听觉为自己携取的光明。
而道路，却明晃晃建在脑海中，这坚实又虚无的道路……

一整夜，从左耳穿过右耳，从前胸抵穿后背，
最后青烟般从脑壳登顶。这把我像古埙般吹过的车声，

在黎明时才移开嘴唇，
剩下中空的肉身，在早晨一遍遍不相信自己……

对望者

一整夜，
风都守在窗台下，一口
一口，舔着从室内飘散的温暖。

像孩子柔软的舌头，舔着雪白的棉花糖。
像干涸的木头，等着从屋檐上融化的冰凌。

一整夜，这流浪的旅者，
都把疲倦的流动，伸进一屋的安静中烤火。

而屋子……这永恒的驻守者，
也把冬日中静心呵护的一束花红，别入风的衣袖……

菜市场

落叶遮掩着蓝铁皮房，蓝铁皮房
掩盖着菜市场。冰冷的水桶中等着超度的
雪白鸡鸭。砍刀砍下去，牛骨中轻烟般蒸发的牛脾气。

擀面杖声，剥葱叶声，切豆腐声，
炉火中一锅锅的起烧饼声。
芦柑和橘子咕噜噜的水果声，塑料纸
被揭开的哗哗声。小贩叫卖的吆喝声，
讨教还价的碰杯声，五颜六色各等蔬菜的相唤声。

大自然的万千生灵在这里伸出头颅，
等着为人类殉葬，被人类切割。
窄窄的生活喉管，从这里
传送能量与气流，供养城市与芸芸众生。

我在这里成了一个密集症患者，
渴望提着篮子走出来，
又渴望提着篮子，穿过它们，
向隐约的翠绿与更深的鲜活走去……

初　一

第一步。第一个时光的门洞。
怎么迈步都是旧的，带着四十年形成的压抑与矜持。

怎么吃下第一筷面条，疲倦的味蕾都没法像童年。
即使用新衣包装，39个旧形象在里面依然揪不掉。

梧桐没落的满头枯叶很旧，
鞭炮踩过的霾天霾地很旧。
车声很旧，风很旧，熟人说话的声音很旧。

第一个门洞要如何清新？
唯有那种摧生草木的源力在万物内升起，
我的眼睛才能变成翠绿的……

除　夕

一生，只有三百六十五天。
就像八十年中的八十个除夕，只是八十次站在同一天，
练习着除夕——这永恒的清理。

有人在殴打中死去，有人在病房外垂泪挽留。
有人在路边点着纸灰，渴望祈祷可以超越时空，
有人为呵护无霾之空，把目光举过黑夜。
有人为支撑世俗忙累，有人为晚会挤着笑脸；
有人饮掉小酒，暂忘一亩菠菜只卖了二百元；
有人走遍全球，不知把心丢在山顶还是海边……

除夕，有多少人
肯放弃或深垦一次自己。
第四十次走过除夕，就像骑在人生最高墙上，
问自己是从老地方溜下去，还是选择摔死在另一边。

第八十次，会不会
还这么犹豫？

不肯除去心头一幅幅哀乐俱现的画面。
于是，每个除夕
都半醒半梦，任由时光经营着荒田……

无

竹篮打水一场空，还要继续打。
每天活着，就是这样一场场竹篮打水。

无论你打进来的是什么，
都会被时间转眼变成水。

生命把我们当篮子，我们
把日子当篮子，用"真空"打着"虚空"。

累或困了，就把篮子一扔。
在河堤看一会儿梨花。

当梨花在泪水中再次显出绝望的空性，
就选择顺水漂流吧。

不过是篮子碰响篮子，浪花碰碎了浪花。
让该消失的消失，该融化的尽情融化。

睡眠

活着
就像浸于某种酸涩噬人的腐水中。

得空
就需要让无形的手拧一拧

就得让睡眠-----
这根死亡抛下的黑色细绳
勒一勒。

仿佛这一勒，
就是死之根在给所谓的生之茎，
续命。

火烈鸟

从不知，我竟长着半冰半血的羽毛。
直到，愤怒替我打开它。

原以为，可以把愤怒像箭一样射出去，
像铁饼一样掷出去。

却逐渐看清，这只火烈鸟的愤怒飞翔，
总以我的血肉模糊作为代价。

于是，当血液变形成羽翼，
当内脏还没被撕裂，我就赶紧劝慰与安抚。

这只火烈鸟让我一再看清，
伤人，是以怎样的自伤为基础。

我决定先在我的体内，
掐死它。

爱的诀窍

你的眼神中，岸边那些灼烫的火堆逐渐熄灭。
只留下没脚的水洼下灰色的石子，瞪着我同样贫瘠的
　　河床。

神秘的江河将我们系在一起，就开始退潮。
我诅咒着要水域改道，为了消失的浪涛和不复存在的
　　轻柔水草。
直到警觉，真正的爱总立足源头。

于是对着心底的灵光说欢喜，说到脚心踩着泉眼。
说得大河将嘴角弥漫，然后看见，
同样的水位，在你眼神中向上攀升⋯⋯

时 间

一束树影，随着光线的照射从西向东。
仿佛演示着表盘上指针的移动。

一些叶子，也在垂直方向进行移动。
生发或凋落，把属于它们的表盘抱在怀中。

还有无数茂密的水泥丛林，
它们的秒针走得更慢，一秒就相当人的一生。

怅 惘

一口气太短，
昼夜的吞吐与吸纳太短。
一生太短。生死
轮回太短。一颗恒星的诞生陨灭太短……

像泡沫，总浮在一口气之上。
不能将气息拉得够深，够长……
不能沿着类似的次序，延伸成万物的背景，
有宇宙般全然安静的心。

好能有足够的信德
来看生死，落花般不息地飘进手掌。
哪怕，因此把自己变成坐在漆黑中因苏醒抽噎的人
滚落着一阵阵密如繁星的泪滴……

叶　浪

远远的灯光，将桐树照得色彩斑斓
仿佛，季节再次回到秋天。

这深冬的错觉犹如涌动的海浪，
一些浪涛沿着时间逐次破碎，
而另一些，逆着洋流回到源头。

这一幕仿佛提供一个角度：
当时光打开，一切都稳步走向死亡。
而一旦温暖介入，时间就被删改。

就像有些事物，永不会老去。
一旦它联结到心的源头，
便犹如纷叠的浪花开在海的母腹。

春　浸

初春的暖流，被微风勾兑进残冬的寒流。
那种轻柔的温软，怀抱着晨起的每个人。

小贩的叫卖声，像焦灼的一些手指，
把干裂结痂的欲望之皮，从心头刮下来。

杨树毛茸茸的新芽，是季节拨开的盏盏芯捻，
正等着春意涌动得再猛烈一些，就喷薄恣意的火焰。

而我也像被在时令按了开关的小小喷泉，
轻启的唇，不断向街头冒着气泡般的笑⋯⋯

书 写

写下最好看的那个汉字
当我不快于自己，也不滞后于自己
当灵魂穿过身体，将所有的能量凝聚于手腕
并催生于笔尖。

那时，多么奇异的宁静
在诞生！
天空，钢笔，纸张，与大地成了一个躯体。
我夹心在其中，忘记是谁
正存在。

吃　饭

焦灼，速度……，那些属于豹子的眼睛和爪子
在牙齿上回放。那些堕入残暴的记忆，
那些饥饿与贪婪……

提醒动作慢下来，给自己累积最温柔的。
轻轻咬碎那些植物，并以握手的姿势，给那些动物说
一同启程……

没什么会死去，只是相互的施舍与成全。
就像这空荡荡的房间，储满看不见的生物，
在给予中被照看。

有时，也会这样对它们说：
对不起，请原谅。

生活是一个个多么隆重的仪式。
它意味着，
心时时得和爱签约。

醒来

梦境，是雪写在黑夜上的字。
此刻，正被群鸟用啼啭撕去。

一扇白窗户开在晨曦中。
无尽春潮裹挟着寒意涌来。

时间的传输带
拉动着一个城市向前运转。

而我在一株
打苞的夹竹桃前，停下。

听一艘承载万物的亿吨巨轮，
发出负重时低低的吃水声……

海螺的支点

一道道螺纹，在一波波涌向岩石的海浪上呈现。
更猛烈的撞击和更消沉的退落，
只是更清晰道出，一只海螺是如何收纳着一片波涛
　　汹涌的海。

螺纹向更深的黑暗处延伸，穿过
无数迷失自己的洋流。这多像我在清晨发现，
一个人不是自己的言行，更深的意识在言行之上被唤醒。

海浪在回涌中超越自己，一个人
也在超越外在呈现中，更深阅读和更新着自己。
隐形的海螺在无休止的海浪中唱歌，
它越来越逼近自身的死角。却不知海是一个漏斗般的螺
体，
当坠落出自己，它将找到那永恒的岸。

在岸的支撑之上，所有生命体都像海螺一样，
翻着肥皂泡一样的浪，唱着一阙自我净化的歌。

我就是藏着一片海的螺。
而海是旋转着的被虚化的那个我。

一　天

投入睡湖的一个个躯体，就像一片片
沾满困倦与疲惫的破抹布。
梦境伸出
多么温柔的手，将潮湿的污渍拧干。

醒来，一颗金色的苹果树在身体中复活。
翠绿的枝间，挂满叮当作响的串串喜悦。
它用绯红的呼吸与玉兰花的粉白握手问候。
它将快乐慢慢升腾，接受光的爱抚与青睐。

多么快乐的馈赠啊，这又被斟满活力的酒杯，
每个人都在清晨端起它，在一天中相互啜饮。

入　睡

想要入睡，
念头跨出时，能量就开始流失。

在身心抵牾中，
苏醒的月光便愈发明亮。

直到听心跳像雨滴，一声声落入躯体。
才看见得到滋养的良田积水成潭，
而睡眠，
便将一个人瞬间窒息。

更细碎的摇晃

子夜的月亮，摇着发丝将我唤醒。
用一个多小时抗拒，也不能抵制梦境被温柔破壳。

想起黄昏的落叶被风拨进死亡的口中，
一种奇异的脆响，被灵魂的香囊收拢。

想起玉兰炸裂的光的碎片，在整个春天中晃动。
想起耳畔经久不息的蝉鸣，起身在夜色中歌唱。

想起隐秘用色彩发声吻住心，
良久不能松开。

想起心竟一遍遍寻找着那种吻合，
仿佛能借此超越表象，抵达又一个时空。

遗忘让干枯生发

臣服的姿态，多像一张 A4 打印纸
只有呼吸的针头，在书写无声字词。

死一般漆黑的梦境中，
一张纸，变成一枚带着耳朵的叶子。
那看不见又极可怕的嘴，懂得从哪里进入一枚叶子，
来调整叶脉的流动。懂得用什么样的暗喻，
让一枚叶子读懂，并遵从。

它对叶子说河流，说无尽的河流
如何从根系淌进一棵树，说一枚叶与另一枚叶的
关系，说星辰就是群叶，说叶上如何挂着叶，
才形成这苍穹，众生。

可当叶在睡梦中醒来，
她就又变成了一张只会背书的 A4 打印纸。

影　子

从早到晚，
它是围着我旋转的时针。

一束光从诡秘处打来，它被吹远。
全然的黑暗降临，它会紧贴着我的脸。
悲的酸涩滴在它额头，乐的糖豆洒在地上
也只有它，会替我拾拣。

在黎明时舒展，在暮色中收卷，
影子，时常让我掉入另一种黑暗。
当看到，是我一低头诞生了它，
便疑心自己，也是一个姿态的镜中成像。

是光与时间的折叠，让隐藏的真我
诞生出，一个个虚幻之我……

五　一

一个闲人，
避过节日假和人争景区、争商场。
只是出门办点闲事，却被
一街的忙围堵。

她给自己开示：所谓闲人，
并不是每时每刻的现实，都有空处可立，而是
心头有足够的悠闲，够忙花。

就像桨过湖静，
垂直方向，永远能让过那些平行方向。

高　铁

一

一只被开膛的子弹，装满人的火药。
子弹击中目标，就弹出一些药渣。
然后，装上一些新火药继续前行。

子弹从被设计出来，就在射偏。
它要去找的目标，总游移变幻。
所以，总有些子弹携带着重重火药
在天地间，走啊走……

二

一只白色的箭，在旷野中穿行。
擦着麦芒，挨着槐花。

箭开始觉得靶心摇晃
它要击中的目标，仿佛就是春天。
箭膛中的人也开始像菜籽一样发芽
睫毛是绿的，眼睛

是绿的，呼吸里也飘动河流的气息。

她们沉沉下坠的愿望，让一只箭发慌。
慌到所有的菜籽
都崩裂开新芽，一只箭便行到了家。

光 龛

正午时分，我在园中坐下来，
上千亩光的熟穗，正向园中运送。

最后抵达的是太阳
这身披白衣的老人，他在石桌前落座。
满园树木成了绿色的棋子。
谁会在此刻想下一盘棋呢，
只有风，于无声中，
捏棋制造有声。

这是正午鸟鸣滴答的园中，
暴晒里，我是被滚烫拂落的黑子。

睡　眠

总是要来此面壁。这是移动的耶路撒冷，
是设给每个人如影相随的哭墙。

能将痛放下，将乐放下，并承认
所背负和所得到，远不如一场睡眠。

那勺甘甜的圣水，才会滴进脑海，
让梦开始洗礼……

隐　形

时间是一把
剪刀，被万物卡住了。

要多费劲
才能把叶子剪黄，果实剪落
才能把
冬风剪成春光？

不是万物从时间的黑影下逃生
就是时间一直剪
下去。
像铡刀下的青草，被裁成
一截
又一截。

吞吃万物嫩汁的，
是哪一张黑口？

时　间

三点多醒来，表盘上
数字像打好的结。而时间的黑线，
正层层将我缠绕。

四点多醒来，呼吸是呼之欲出的蚕，
还在受时间的难。
六点醒来，
黑线断裂，白线又缠了一层层。

谁将我养育，只为抽丝剥茧？
时间将万物踩成泥浆，
但我已心甘情愿。

错　觉

四点的太阳在千里外开垦异乡
五点，它将开垦我沉睡的故乡。

从过早抵达梦境的曙光中醒来
举着一斧之光，我被太阳的刃芒所伤。

渺小感，滴水穿石
沿着时间的直线，我继续砍伐起睡眠……

等

等待，
这水域很宽的一面河流。
正随着渴望的脚步声，在折叠。
在从头到尾断流。

等你出现，河流便蒸发成光线，
让整个盛夏的天空
瞬间清凉。

雨　来

密集的雨声，汇成溪流，
顺着耳道冲刷进来。
这比晒了一季的水泥地
更干涸的心道，如今豁开遮挡
让雨声尽情把绿意播种。

雨水曾如此无数次淌过，
一如无数的晨昏星月。
还有比落花更淡的笑容与背影
都曾流星般飘过。

剩下这心，天一样空。
而雨滴，这无休止的泪水，
从谁的眼中，又一次注满我的双眼。

发　呆

蓄谋已久。当种子的子弹
被一个意念埋进土壤。然后温度之手扣动
扳机，一个植物的靶场
就此建成。

接连的爆破，发射。从春花
炸裂成满树枝叶。然后，垂挂成满树果实
意念，尝到最初的甜。

而此刻，满塘的莲叶豁开水面
等一个个睡梦，爆破出各自的色彩。

坐在荷塘边的人，看清
植物的去向，却看不清自己这只子弹的
发射原理和弹道走向……

当我用万物的脑袋思维

期待中的那个人一言不发
我会想，是上帝并没打算伸那只手。

那并不想理睬的人说话
我会看做，是上帝突然动了动那根指头。

存在之河比我的头脑更幽深浩瀚，
我何必穷思竭虑，万般设定它该如何流动。

来什么就爱什么，
如果深信背后是同一张面孔。

难道我会认为自己的安排
比上帝来安排更好？

那么，此刻明信片般投递进玻璃的淡蓝天空
就是望着这间小屋的温柔眼眸。

一滴水

桌上的一滴水，在我的注视中，
失去丰满，变得消瘦，直至慢慢蒸发。

似乎空气中有无数的手拽它，
时间一到，它站起身就走了。

我一样日渐衰老，那抓走
我能量的手，我甚至感觉不到。

我也会像滴水一样蒸发，
从人间隐匿，消失。

可另一滴水就会从云端落下。
这，并没什么可怕。

聆　听

秋虫，绵延不绝的叫声
穿过我，像一阵歌声穿过隧道。

漆黑的隧道深处，
缺氧，无光，寒冷，空寂。
歌声一进去，就会被吞没。

但倔强的歌声，又抛出下一句。
它要逮住我，
用光线般的歌声，在泥潭中找到
生锈的针孔。

汩汩虫鸣，历经数年，
终于像一把河草，将我束于它们的轨道。
我曾以为，能把这古老的唧唧声
像一只草戒指，
戴于右手的无名指上。
可听着听着，就感觉走进茫茫草原。

而自己竟成了一只
不能滚动，深陷于草腹下的渺小指环。

从一口月泉中醒来

醒着的水才知道，自己是沧海一粟
必然会像潮汐一样，逐月为生，随月而舞。

太清醒的一口泉，于是就会成为良心。
无数只眼跌进去，良心便会酿造诗心。

西风袅袅处，浦江成了泪水涂成的诗河。
鹧鸪声中的断肠人却没料到，
一条江水，会越流越明亮……

如果静静注视这江面，就能知晓
水这上善之物，将日光的影子折弯，腌制。
又将月光的影子折弯，腌制。

它比人更能知晓，
每个未来，都常是过去的倒影，
除非在此刻，这永远不会踩偏踩空的当下，
将一切光影腌制进去。

那么，在每一个称之为未来的地方，

一口映着月的泉会醒着，
一条染着墨的江会醒着，

一个可以凿壁取光的朗朗诗眼
就会为整个人类明亮……

功　课

周一，周二，周三……
日子越数越虚。时间的框线
越来越淡，只剩下一叶舟
在茫茫海上漂流……

甚至，一叶舟也没有
只有一片海
随着天地吐纳，张合。
同时虚化的，还有界限。

没有任何单独的你我，
只有细胞的相互供给与依存。
任何个体的凸显与叫嚣
都是一个肿瘤的诞生与癌变……

睁眼
时间和个体的幻觉或会
再现。

闭眼

无限的海，就在永恒的血管中
涌动……

有一个更大的躯体
养活我们，并让我们依附……

直 译

最痛时，感觉不到痛
病去如抽丝，每根丝才是被压抑的痛。

脚趾头能动时，每弯曲一下都是祈祷。
脚掌能挨地时，每贴下床单都是叩拜。

这蕴含的得到，我并没深深感激。
就和上帝交涉更多：
我可否下楼，可否像从前那么欢天喜地。
可否实现梦想，可否被幸福与满足包围……

焦急踩出的每一步，
都被没有发觉的疼痛唤回。
似乎有一个声音在说，
你要和病在一起，听听它正说什么……

我只好听，
把它当作最高的神供奉。
越听，越知足。
越听越褪去各种虚妄。

这具肉身中，包含所有我认为的需要，
心灵之光的稍许偏转，就能引发幸福。

我竟携带着，我要寻找的，
而上帝，是为了不让我离家太远……

海 洋

醒来，城市
这座白色的岛屿正浮出水面。
滞留一处，或欢呼追逐
恐惧总如影随形。

似乎，岛屿只是凌空试探的风筝，
或被玩笑吹涨的气球……
而闭上眼，让漆黑浸入
淹没了身体，淹没头脑中最后一丝画面。

全然的空无
才如死神，缓缓降临。
此刻，却有一个声音
如灯：

这才是真正的海，
一切可见的飓风与狂浪，都会熄灭其中……

午 休

眯上眼，将意识的光圈缩小。
小到一个黑点。然后纵身一跃。
我没了，睡湖波光粼粼。

醒时，几个最惹心的画面
毛毛草一样，在头脑中痒人。

从睡到醒，从醒到睡
这光圈的开与闭，我注意了
上万次，也没发现玄机。

只见一面湖在下，我在上
闭上眼，向里面打算再跳一次
传来的回音却是：

恕不二次接待。

睡 眠

我累时
多么需要朝它挖上一撅头。
然后俯身，
朝着它溢出的清泉痛饮。

昨夜，
我沿着它的母腹，
喝了多久。
醒来，还四处寻索
那口乳汁的甜。

我终生无法断乳，
即使活到老
也是它的孩子。

它身后站着
虚空那巨大的母亲。
我常需要借着汲取
去触摸她
看不见的慈祥与温柔。

曼陀罗

白色的在天界开放，红色的在忘川开放。
一株遗落于世间的曼陀罗
在思乡与望乡中，瑟瑟颤栗！

这是你的名字，这也是迷惑了你的名字。
你张开自己，忘记这也是飞天的羽毛
竟在漆黑中，纷纷揪断满画布的花瓣……

白色的在心中开放，黑色的在笔端开放。
别怕，谁不是眩晕的，和自己在跳舞。
快记下旋律的额纹，它是心出逃的暗语！

白色的在天界开放，红色的在忘川开放。
你用水墨设置迷宫，
把烟火的请柬在色彩中肆意纷发！

白色的在心中开放，黑色的在笔端开放……
地狱翻卷着你的记忆，而天堂翻卷着你的梦乡……

曼陀罗……，曼陀罗……
全然绽放时，蕊之光艳与芬芳，
也会为你吹响解缚自己的号角！

雨 夜

连夜的雨，像天空无休无止的悲伤。
那些雨声落入大地的喉咙，被一一吞咽。
一个人在大雨中心安理得睡去
良心却睁着天大的眼，迎接不断降临的哀恸。

雨声在落入大地前，先在身体里拐着弯。
空荡荡的心，空荡荡的房，漂动着清秋的初寒。
耳朵却伸出窗棂，摊成一只打开的水壶。
任清澈注满，再从一个人的躯体中溢出，并白白流走。

连夜的雨，像天空对大地无穷无尽的思念。
在这种诉说中，万物都从沉睡中苏醒。
树木的眼睛亮了，房屋的眼睛亮了。
漆黑的夜，因为增添一些漆黑的眼眸而更加幽深。

而夜梦却因为格外的明亮，破碎成游絮。
子时醒来，任夜雨浇铸。
煌煌大地之上，找不到一把柔软的毛巾
可以擦干天空，擦干自己。

角色的迷障

商场一家专柜前，
主管为了某件衣服的事，
正训斥一个女孩。

女孩认真地给我取
一件又一件要试的衣服。
试图以事实证明
她并非主管所说的那样。

主管的舌箭不得不发，
她已经无视我这个顾客的存在。
我拎着湿淋淋的雨伞出去
又转过身对主管说，
你可不可以给我一个你们的购物袋
让我装雨伞？

她慷慨地寄来一个精美的购物袋，
而我并未购物。
一瞬间，我感受到她们每个的好
可持有立场的她们，
却被胸中的嗔气挡住，
看不清对方。

秦岭志

中心的明珠，改变了一切。
——鲁米

一

秦岭是一座山的海洋，切割中国为南方和北方。
此刻秦岭之巅朝霞万丈，我又吮吸着晨曦的光芒。

只有蚂蚁知道，一朵牵牛花清晨的花心是甜的。
只有我知道，万物正顺着光源的方向默默生长。

风哼着自己的歌谣，轻轻踩讨跳动的水面
木芙蓉开得兴高采烈，瞟一眼都感觉喜上眉梢。

叶子揣着绿色的水壶，沿着梦的道路缓缓旅行。
蓝天召唤它也召唤我，看谁将比谁更先跳进去……

喂饱自己，用石头这一块块时间的面包，
再用云的炊烟，撒青叶入白溪煮一壶清茗……

二

安顿了胃，才发现自己变得这等好色。
尤其是绿色，见一树喜一树，简直毫无抵抗力。

她叫看麦娘，她叫泽漆，她叫紫花地丁……
用眼把她们吞进去，用嘴吃进去，用鼻子吸进去
她们都是我亲爱的闺蜜……

而现在已是秋天，一些枯叶在石板上被风吹过，
轻如蝉羽亮如铜丝的轻响，正把耳朵慢慢叫醒。

我贪婪地让耳朵安静，去汲取那细微之声。
有一种痒而无形的能量从听觉里进来，
置换了一点点身体中昏睡的迟钝。

人太容易昏睡，才需要季节一遍遍更替提醒，
才需要花儿此起彼落，作为点给眼睛的烛台。

此刻众花呢喃，可语种庞杂，又缺少翻译，
我听不清。但有两个字无须翻译：爱与美。

三

云，是天上的庄稼，当风镰收割倒它时，
远远看着，都能闻见它被塞进月筐的缕缕清甜。

今早雨后的太阳，到它的糖窝去上岗
竟脚踩八脚云泥。云的棉花糖丝被拉得满天都是。

太阳那口煮沸的锅里，将不断地被风吹来
这种雪白的棉花糖丝。鸟儿啄一口，是甜的。

草木啄一眼，也是甜的。我的眼睛啄了一个早晨，
却感觉沾在了天上，拽不回地面⋯⋯

我在秦岭的身上感觉到人的半口呼吸。
于是一次次抛弃尘心杂念，奔向于它。

我父亲钻了一辈子秦岭，他只是熟悉地形。
而我钻了半辈子秦岭，却发现遍地不知。

所以睿智的大师说，一个暑假，
他只是旅行了自家的半个院子。

四

此刻，静穆的阳光在秦岭上温情照耀，
时间似乎因幸福而摒气。让我疑心，

我们从未离开母体，
一直活在太阳的子宫中⋯⋯

剑门贴

一

车进剑门关，大朵白云像群山柔美的呼吸。
雨，把砾岩中的石子洗得黝黑，
那黑亮的眼神，时而是李白的高昂，时而是陆游的悲壮。

我知道，这是我的眼睛得了记忆的飞蚊症，
我已无法用清澈无尘的眼睛去看
只是借助石的镜子，翻阅内心的储藏。

我明白，人的视角远不如一枚石子。
它们如此冷静，看过千年仍不动声色。

二

连绵的秋雨，把剑门关的云下慌了。
纷纷落到山峰上，寻找她遗失在人间的孩子。
隔着几千年的风烟，走在蜀道上的我
摸着心头的灯绳，却指望能打亮谁的面孔？

想起"漫卷诗书喜欲狂",是杜甫在剑门内眺望
我先替他流出热泪,再用他的目光打量一下长安的方向
想起"云栈萦纡登剑阁",是玄宗在关楼下悲恸,
我任冷雨把我淋透,再替他登楼听一听城头角铃的响声。

除了伤情,在云燃烧的白焰中伤情
任剑阁门廊中的风把人吹瘦,我不如那群草丛中的蛐蛐,
能弹得动时间这把琴。

三

时间的尾音在雨中拖得好长,
在它的荫凉有时会变得有点阴冷的安静中,
我在蜀道上走完了一个上午。

其实整座剑门关,都是
时间立威,凌空给人类插下的数把刀剑。
渺小的人用联结的心念斫啊斫
条条神奇的猿鸟之道,就是绝不屈服的明证。

时间,打的是隔空伤人的太极拳。
整座大剑山上的砾岩,都是时间
顺手捏了一把海底的沙石形成的。
有名者身成一碑,无名者尸骨无存。

时间捏着每个人的线端,

但只要一息尚存
人就要做欲揽青天的风筝。

四

溪风把古栈道上的石板濯成光滑的鹅卵石。
雨如故乡，石如故乡，日月山河在哪里都是故乡。

这一切超越时间，是大自然与人定下的契约。
晨曦与晚霞的交替变幻是
自然与人的契约，常青藤与七里香
如期而开，是自然与人的契约。

剑门泉一直在时间之外，这样濯洗着人的耳朵
就是想让人看见，生于斯灭于斯
自然才是人的生命之根，也是人的生存样本。

忘记你的名字，像一根草一颗石一样活，
它们能活得过时间的利刃，
这就是群木的箴言，众壑的轰鸣……

生命中的生命

我看见云朵升起，落下。
太阳升起，落下。
我看见我在苏醒与睡眠之间
升起，落下。
我听见，此起彼伏的呼吸……

我听见云朵落入草丛
泥土发出的吮吸。我听见河流蒸腾向天空
太阳发出的吮吸。我听见万物落入我
我发出的吮吸。
我看见有形之中，无形那
唯一的喉咙……

我看见水汽蒸腾，草木目露的干涸。
我听见彩虹落下，星辰发出的焦灼。
我看见草木凋落，骨头生出的离愁。

我体会到一样的生命，
隐身于每一物的存在之中……

倾听者

快醒时，一些旧画面浮进脑海。
翻身继续睡，是为了将那些肥皂泡挤出去。

再次醒来，昨天的画面又回来演绎……
开始意识到头脑永远回放着过去。

有时一个面孔，就让人陷入怅惘。
有时莫名欢喜，却很快跌进空落。

开始接受，自己在很多意识层面上生活。
开始相信，人在很多维空间中同时存在。

只是醒来和睡去的互换，
多像一只插销的拔下和联结。
人只是一个被需要的传输导体，

但到底什么样的信息，
是他要这个导体，来此采集？

幸福藏在死亡里

这短死一般的
睡眠，多像一场治疗。
所以夜色
降临后，我会祈祷，祈祷手术早早开始。

渴望黑色的无影灯照进躯体，渴望失去意识的深度麻醉。
渴望天使手中的超声刀举起来，
对着骨骼一刀刀砍下去，像翻新寸草不生的冬日雪山。
渴望梦境沾满酒精的丝绵，在经络中，
在头脑中雾霭般哼唱，
我的目光一遍遍吻过它，热爱这全然放松的催眠……

这比毒品更需要吸食的睡眠，这抽空五脏
却令人无比滋养的梦境，
我夜夜都烂醉在这里，喝不够神灵从死亡口中寄来的美酒。
等醒来，这被无数人赞誉过的美好生活，
在我眼中，却总像难以下咽的酒糟……

拥抱自己

一个副本的我
像秋千般荡出去，被越荡越高。
而那个真我
只好以秋千架的姿态存在，感受着
胸腔中的吃力。

余波，余波……
谁在喊着，渴望重合。
谁在感受着
没遵循内在，而失去宁静的煎熬……

从分秒中回来，
体会终极层面上的不增不减，不誉不伤。
体会
唯有与自己重合，才能生出的安恬泰然……

如　是

单摆，
在痛的黑夜与乐的白昼间来回摆动。
仿佛被喜悦亲吻的甜蜜背面
正闪烁着骷髅狰狞邪恶的脸。

以至于无法执着任何一极
以至于脚步踩得越来越轻……
轻得，仿佛这摆动只是虚线，
而心稳稳地落在那个中心点。

听尘世花开，听尘世花开
而尘世的每次花开，
虚无的中心都要向漆黑的泥土中更深钉去
去汲取
那绝不会被起伏带走的定力……

昼与夜，如是摆动
心，于垂直方向
一直做着根系在做的那钉子般的工作……

我 们

时间打开了
一只怀表。而太阳正打开我。

另半个我，则藏在月亮里。
就像睡眠中，有我不断需得回溯饮水的根。

醒来，看见玻璃中的太阳
发着虚黄。它一定只照耀这个角度中的瞥见者。

就像我，发着一枚硬币的流光。
而无数个的我，正以铁的品质腌在金属的黑窖。

它们绝不吭声。只以
灵光乍现的供给，在心头偶尔晃动……

微弱的意识

那个念头出现了
熟悉的，不能再熟悉的场景
熟悉的，不能再熟悉的想法

愤怒，恐惧，痛苦，还击这些防卫心理，
像为念头这个算式，准备着代入公式

这个题已经做了几万遍，
结局就是争执，自憎，哭泣，与绝望
还要在脑海中播放一遍运算过程吗？
还要让一天或半个晌午被消沉吞噬？

不。这个念头的命题就是错误的。
我不去解它。尽管有时脑子像被风吹进胡同，
吹进愈来愈逼仄的运算过程。

但有意识时，
我宁肯沐雪，也不愿去任何念头下避雨。
它更冷，更加没有出口。
太多人都在那个胡同组成的思维迷宫

被折磨至死。我不要那样的一生。

现在，念头又像云一样出现
有时它是白云，用幸福诱捕我。
有时它是乌云，用嗔怒威胁我。

但那些云已经不是体内的湿气
和我混为一谈。它升腾在空中，
我能看清，它不是我。

我在仰望云上的太阳，
就算会被一团无明的云又一次奚落，
但我已经不再惧怕。

因为天总会晴，
意识的太阳总会升起来……

所谓隔膜

刷牙时，脑海中出现一个面孔
这种恍惚感令我警觉
我去看，那个面孔在说出尖酸的语言

但我知道那是假的，
即使有人曾这么刻薄过
刻薄的也是自心

这一看，
我手心的牙刷顿时真实起来
我因此想起禅宗说
吃饭就是吃饭，睡觉就是睡觉
这句类似废话的话
为何要被强调，

就是头脑从来都夹杂记忆和形象
吃饭时，人没在吃饭
睡觉时，人没法睡觉

然后我开始吃早饭，

一个画面又从头脑中飘来
如果我看进去，就又是太虚幻境
我可能做了信假为真的主

我已经知道这些东西就是诱饵，
所以，我甚至没把它们同馒头一起嚼碎
怕那种有记忆的馒头
会在身体里留痕
只用眼睛一瞥，
它就羞愧地从脑海中逃离

剩下的十分钟
我真做到了
吃饭时，整个身心在吃饭

生命在实践

晨起，翻翻照片说说梦话
断续的念头之流经过后，
才发现是我被思考过，而不是我在思考。

闭上眼，
那种凌乱的思考又像落叶袭来
我知道假如继续
半晌午时间，昨夜蓄满的能量将被花光，
且目前的喜悦会突然逆转。

我不再落入同样的河流，
因为不再相信脑海中每朵溅起的浪花。
闭上眼，继续和天地联结
这种看似空无的事
却给我坚实的能量支持。

漆黑中感觉自己的边界在消失
我不知道我的轮廓，而我的轮廓不断扩大
仿佛整个人间的每一物都是我
又没有我。

睁开眼，我又回来，

这小小的一孔之见，拖着我里面的眼睛，

又开始了崭新的一天……

游乐场

原上的树，松开它攥了一年的阳光
有些叶子攥得更紧，
得一些时日，才能给出手心的金黄。

色彩那么安静地在原上变幻，
但我总听见风铃，被一只手在根系下摇动。
他摇落这树淘气的孩子，再去唤
另一些孩子，在冬的暮色中早早回家。

树杆是孩子们的滑滑梯啊，
初春，她们又迎着自己感知到的晨曦
来枝头荡起秋千……

她们的笑声，是我们眼睛的花朵，
她们的欢喜，是我们喉咙的果实。
她们的游乐场，是我们的天堂

我们吮吸着
从她们身上落下的每一滴甘露……

注　视

一

夕阳，要落山了。
它把赤金的光芒给黑暗大地上使劲塞。

那些鸽子笼般的房间玻璃上，
每一面，都有着醉人的滚烫。

仿佛有人从暗中捎来一种信息：
无论贫穷或富有，身陷囹圄或春风得意
有一种目光，爱你们每一个。

二

傍晚时分穿过太阳的那束箭光，
此刻正穿过月亮。

那种明亮，仿佛是另一种血液，
让心不由悸动。

而被惊悸拨动的人，却像阳光照亮的密密尘埃
盲目，又不知所措……

三

有一种蜡烛，被轻柔的晨光点燃，
又被冷静的黑夜捻灭。

被春日的花
拨亮，又被冬天的风吹熄。

此刻，叶的灰烬在枝头用黑暗质问，
那是蜡烛的喻体之一。

而树下，有一根蜡烛，
也正被入世之火和出世之雪，几乎要掰断……

榕　树

一棵榕树，每天
都把一桶桶水从根底打向叶尖
然后被空气喝光。

一棵榕树，
每天都竹篮打水一场空，
还每天去打。

一棵盆栽的榕树，长在小小的阳台。
太阳照不到它，赞赏的目光也落不到它头顶。

它为榕树这个名字
而活？

在无名时，
它也这样绿着。

一生之书

一

黎明在早晨七点等着接学生
公元 2014 年 11 月 27 日这页书打开
页眉处有微雨、雾灯、车辆与行人
这一天主课老师是谁，尚不知

但我耐心等着，生命间相渗介入
彼此制造疑难，又彼此相授提醒

二

40 年前，
血淋淋的我被抛到这本书前
哭声疼痛以及黑暗，是暴风雨

狂奏的首页，之后
苦难作为书本底色，再没改变

三

童年，书页渐展，拼音微莞
少年，绿蔓恣意，思绪葳蕤
青年，花枝开满湿漉漉的夜空

渐步中年，才知许多解读都是误读
世界之书，不仅从左往右读
还可从右往左、从上往下、从里向外读
每种读法都是一种结果
任何视角切入都可产生不同理解
观察即被观察之物
不是我们在读世界，我们即书

四

潘多拉盒被打翻，万花筒转动
阿喀琉斯之踵被撼翻
赫拉克利特之河倒涌
像三维空间中信誓旦旦的定论
在五维十维空间中不堪一击
一切发生质的变异，不再看山是山
世界绚丽多姿，可黑暗内在走进去
一样是溶洞琉璃、海底龙宫

五

于是，读法不再像从前
看一眼世界，再看一眼自己
从追潮一切尘世浮华，
到把追光灯拧向自己
关注呼吸的浪涛，心海的潮汐
定位情绪的坐标，念头的跳跃
然后再才扫视这缤纷信息
知道新闻永是旧闻
故事与记忆无需翻看
唯当下之我常新

六

纵如此，
比博尔赫斯笔下迷宫更重叠的
里外之书，还是陷阱密布
每天踩雷后，方知又在同一地方
犯下同种错误，每天各科老师
时敌时友，使你又爱又憎
而你在别人生命中
也同时兼职，同样客串

七

这本书，越读滋味越迷人，
越读越引人入胜，仿佛世界
和我互相旋转着阅读对方
没有准确答案，任何判定皆空
我们彼此观光，微笑致敬
甚至因阅读，都在
不断改写着自我之书的内容

最初写啊写，注释像星星挂满夜空
现在擦啊擦，仿佛要在死前
把无中之有全部擦空
就像有一天星球会擦去人类
苍穹又重现凝重与神圣

入　睡

一

这也是一次起航
始发地是夜晚，抵达地是黎明
黑暗旅程没有星星月亮
没有大地阳光与云层

甚至
这航程更像一次坠落
将自我全失
入口处是冰冷海水
那一点点浸没躯体的死亡

听啊
呼吸在解除控制
让你信赖放松，直至忘我

然后
就像昏厥发生
在虚无中，你一个人的航班

突然启程

二

让呼吸绕过玫瑰色的心脏
从深深海底往上燃烧吧
让它烧过胸膛，烧过
耳朵，嘴巴，以及面庞
从每个毛孔中冒出蓝色火焰

让它烧过黑灰色头发
将它烧得竖起来，变成翅膀
听啊，翼下之风正呼啸过耳膜

一个生命向黑暗张开求救的眼
向虚无，向消声，向混沌飞去
只剩下幽灵般的意念，在忽明忽暗

三

万物都收起影子，和自己重合。
日光像一只不再书写光线的钢笔，
将自己插进黑暗笔筒。
我的睡眠，为何以六十五度角的姿态，
与头发横斜在枕上？

没法控制那只圆规柄头，
不可以捏一下就把夹角消除，
让睡眠与躯体机械性合拢。

我只是开动呼吸的推车，
期盼影子之魂会来附体。
但它竟从枕上起来，在屋内缓慢走动。
走动之声踩着脑海，巨大难忍……

无法做主的事就给神，
当真如此随意坦然，
不知何时，睡眠就笼罩住我
像一个豆荚，将我的梦变成绿色……

四

入睡
是沉没的一个过程
从入水，投奔，降服
放弃自我，到渐渐着陆

看意识化成潜意识，无意识
最后彻底遁入混沌，虚无

而苏醒
却是回来的过程

这相关程序的解套
全然感觉不到
只一个意念或声音
飘向脑海

像一丝渺远气息
吹熄了睡眠的烛台

五

每个细胞都彼此平行重心朝下
安静的，像一沓 A4 打印纸
睡神，这是我祈祷的第一个姿势

接着，无意识驱散重量
意识到时，身体开始变轻
越来越无我，越来越失重
这是我的第二次臣服

然后，呼吸轻晃着
海蓝色或翠绿色水波
向你祈告那艘无影之舟

你是如何将我拉上船
抵达修复生命的海域
我从不曾知晓，只记得

熊熊呼吸曾燃成海
后来无力到气若游丝

睡神——
原来只挽那彻底放下的手

六

合上眼
概念、字词、定义
还在脑海里摩擦，蠕动
这死不了的微生物
经常暗自开动我的船
让原本驶向平静的船
驶向失眠，苦痛

有觉知的此刻
我用酣畅的睡眠烧它
就像用大笑的沸水
烧死自身的寄生虫
用觉照的清醒
看退念头的浪涛

夜半翻身时
听见自我的消亡声
听见烈焰下的柴火

在燃烧中断裂坍塌
看见内里的灰白粉末
在平静中层层增厚

而大脑
像被酒精消了毒
再没有思想细菌能存活
人才畅游在虚空的滋养中

七

成吨的黑
在关门声后涌来
我重新成为孤舟
体会，从深黑向更深之黑的跌落

怎样松手，又以怎么样的方式
从何处跌落，我变换着睡姿
去试探入口。

这翻来覆去的情景，
多像一只被期待染黑的蚂蚁，
只待无声的浪来，
让自己顷刻沉没。

八

梦来接我
我张开洁白的帆
张开被风撕破后依然洁白的帆
相信梦境
会汩汩托起白帆船

站在没有站牌的路旁等待
等不知自何处何时抵达的水流
将船
冲向深海
让海鸥，可以问候白帆

九

他入眠了
身躯浸入那睡湖
呼吸，是跳跃的浮标。

而举着我的
垂钓者却去了哪里？
扔下我
临湖不能解渴，
左心房敲打着右心房
依然不现湖的入口。

直到焦躁与渴望全部消失
我安于此刻的被给定，
才发觉
不经意间
那只无形之手
已把我抛掷进睡梦中。

十

辘轳，被念头之手紧按
睡眠的清泉
在井底闪烁亿万颗星光
吊在半空的木桶
却无法啜饮

从念头的手下解缚它
麻绳却粗细不一
用呼吸修补那摇摇欲断的细微
一次次用它在深夜汲水
一夜取水
也没够浇灌已枯的细胞

早晨，有无数声音的硬币掷向木桶
让它负重不堪
呼吸啊，这越发纤细的绳子

再用力下沉
也不能向快要消失的井底够到
几滴养育生命的黑水

十一

将醒时
我还闭着眼
小鸡啄食般
想把睡眠之米
用脑子再琢出几粒

意识伸出头
使劲往枕头里钻
可轻纱般的睡眠
还是消散了

睡眠，这生命的营养舱
它给人蓄满能量
就会将你赶出
把舱位留给
另一个等待求助的人

十二

像秋叶一个回旋

我就那样被荡出睡眠

醒来，雨蚕食着黑
城市把自己的触觉伸向夜
黑色的夜品得多有滋味
那漂浮在空中的心
是黑夜口含的各式果核

虫鸟之鸣都被寒冷熄灭了
却是谁在旷野，将寂静吹得悠长
吹得我边听边寻声走下来……

十三

入睡，快入睡
但不知哪里脱节，
驶向睡眠的航班却无法起航！

安于此刻吧，既无法入睡，
就静静看着无风也能平起三尺浪的自己，
看浪涛般的呼吸拍打岩石，
看牵牵绊绊的念头，藤蔓般爬出漆黑的头骨……

突然灵魂出壳，
我不觉飞出我自己！
多神奇，期待并不是那只能飞翔的箭，

而状态才是。

当状态是箭在弦上的能量，结果就是呼之欲出的靶心。
当状态是沾满印泥的石章，
结果就是暗处的虚字，等着与真实吻合……

十四

一只蝉正在褪去它的壳，
沿着月光照在脚踝的明亮与轻柔，
一只蝉生出洁白的羽翼，
欲随夜色飞升。

但洗漱的水声溅湿梦的翅膀，
走动的脚步更是每下都踩醒听觉的门铃，
让上路的灵魂不断盘旋，
深怕没有归巢，修复后的意识将难是完卵。

十五

现在可以入睡了
摘掉伸出肢体的枝蔓与旁花
将被魔鬼钩住的小拇指解缚
把期待的根须砍掉，将依赖的攀缠揪断

不再注视四周，只看着心地

枯萎的花叶正化为春泥，在细雨中生长

明天又是满院葳蕤
我的责任就是看护好这片心田
不让任何枝桠长出自己，不去给魔鬼留言
留下任何会被入侵的可能

我只是与自己的青翠芬芳枯黄厮守
独享流光迁徙，寒暑更替……

睡　眠

一

合上眼，三维变成平面
直线缩成原点……漆黑中的神秘，闪电般收伞的快手
……在发生。

而我是伞，那被撑开又合拢的奇点。
垂下的上眼皮如一柄铡刀
瞬间就将阔叶林般的人间切去，将杂草般盘绕的思绪
切断……

我交出觉知，轻似岚，薄如雾，正欲在黑光下消遁。
开门的钥匙声却塞进睡眠的锁孔。
脚步踩出大地，水声唤醒山河，呼唤中飘来云朵蓝天。

感觉不出何种魔方又被转动，
却真切感到之外的万物，都压缩存藏于我里面……

二

睡眠，收割生命杂草的镰刀

困倦忧伤无力，总在它黑暗的刀光下打蔫死去
化作梦境之鱼口中的饲料

但今晨晨光豁帘，依然杂草丛生
我养出怎么样一种荆棘，在骨头上盘缠

连神谕的黑色天空，都照不到它，
连锋利无比的冷刃，都不能伤其半寸……

三

一夜睡眠，疲惫还没
从身体中流空，尚感到残液只到指尖

午睡后，在欲生不能的死后苏醒
生命才得到全然复原

之后，感觉之蚓在泥土中不时探头
之后，所有词语都钻出草地来约会

而我，这场地的提供者
只是边角一提，就把奇妙收拢于心

四

有时，睡眠暗藏于床边旮旯
一个翻身，就跌入它的潮湿

有时，睡眠像棉花般将生命包裹
等信赖的头靠去，即刻便得超度

有时，睡眠像银河系外某个黑洞
拉动的呼吸变得越来越沉
却不能将自己发射出这间屋，更妄谈外星球

抵达睡眠的旅途
都走了几万次，还不时迷路
于是有些夜，就格外留神
想体会意识如何失去，梦境如何将我接管

在每处走过的地方暗刻记号
让大脑留神奇异的隘口与岔路

可所有入睡的方式用遍
所有标识——却最终将我引渡向苏醒……

五

睡眠，多神奇的一只手，
它怎样趁着我眼帘垂下的那道黑暗，
刹那间潜入我的生命。

将被困倦和劳累浸湿的我，

像条毛巾般拧干。
并在睁眼那一瞬间，让我变得
如初夏般空灵，明澈，欣悦……

六

现在，将炉火轻轻封上。
让蓝色火苗从丹田串出，向上涌动，
让它烧过胸膛，烧过肺腑,烧死脑海中万千乱撞的飞蛾。

当轻盈的感觉往上蒸腾，
青烟中的生命，多像点在漆黑中的一柱香啊。
带着全部
虔诚与无助，向着虚无的夜祈祷，
向着睡眠……那不知在何处的渡口，不知何时能来的
　　渡船……朝拜。

就是这样全然地放下，
放得越来越空，仿若已消失了肉体存在。
冥冥中，失联一般，
整个人却刹那间对接到源头，开始在梦中啜饮起能量
　　的清泉……

光

阳光之利刃
穿过玻璃砍进来，穿过纱窗的丝绒砍进来，
在地板的花纹上刻下它的名字，
竖立它之国度的威严。

它甚至从视觉听觉的道路上进军，
将梦境之海砍得退潮，
将有些怅惘的我，独自遗落在渺无人迹的沙滩上。

我明亮了吗，因着它的晨曦？
我温暖了吗，因着它的馈赠？

不……
当内心的觉察清明起来，
当了知的太阳将我燃烧，并缓缓移动它的足迹，
将万物宇宙用爱抚过，
光明……那种属于我的视力，才在内里诞生。

每日悼词

等着被清空……这满脑袋杂草横生的"思想"，
等着被格式化……劳而无用盲目奔波的白昼。

死亡的蚕嘴在空气中沙沙作响，
每分每秒都将生命啃噬。

这一天，是大片绿叶将入了黑夜的胃。
但我竟这般舒畅，
仿佛在咀嚼的是我的嘴。

事实上，是我在翻来覆去赴生入死咀嚼着自己。
用白天黑夜，用生死轮回，用影子与自己……

沉　潜

沉潜过三月的樱花，七月的绿海，十月的杏林，
沉潜过静谧的松针，无言的黑雪，密布的根丛，
沉潜过缺氧的海底，粼粼的矿藏，瑰丽的溶洞，

现在来到最深处，溶浆多像心脏，养育着地球的身躯
一朵花和一颗石头的区别消失了，
一棵树和另一棵树会有什么分离？

从你的愤怒向下潜
从你的哀伤，绝望往下潜
从你的安静，沉默中往下潜

当呼吸把你和空气再次联结，你能看到你的另一半呼吸
还压在窗前榕树下。
你能看到空气的根长在云上，云长于浩瀚无边的太空。
太空里的星星和地球宛如细胞，在一个更大躯体中浮动。

你和让你愤怒的事物长在一起，你和让你哀伤的人间
长在一起，你和你自己还有什么气可生？

晨　醒

声音的河灯，一盏盏
被夜的黑风从听觉的水面中放进来
这光亮，渐渐让我苏醒

我醒来，声音
在声音的河中流淌，光在光的水流里安恬
一缕呼吸，穿过我，又飘去
我追随它的芳踪
却看见光线的手指，弹奏着绿叶
绿叶的呼吸喂养我的心肺，而我呼吸的舌头
也深深潜入草的绿汁……

分离只是幻象，万物这般紧紧相连
空气的气液，在四周如此不停传输滚动

地球
地球只是神奇的一个细胞……

物质和精神

一

物质就是精神，譬如：
懒得研究形而下的麦子，麦子却将我养育近四十年。
它对我的滋养，根本无需我理解。

总去追逐形而上的思想，以被它们
浇灌而喜悦，而各路思想总在关键处将我抛弃奚落。
我还以为彼此心魂相融，肝胆相照。

思之极，竭虑重重，
总是一碗冒着热气的绿汤面，
能让困顿的精神露出笑脸。

二

现在弯下身，
向瓷砖道歉，向地板道歉，
向沙发道歉，向花盆道歉，
向餐具窗户床板和屋内每一物道歉。

代表那些犯罪的精神，向真实的物质道歉。

忽视它们太久，冤屈它们太久，
用半生才理解，
精神只是气态物质，物质才是时间煅烧后的固态精神，
物质追求其实是一种极高追求。

因为犹疑的精神要进化多久，才能像物质一样凝结，
才不乱发表见解，才能承受任何误解和小觑，
才可被重新用到烂，用整个生命不发一言的宽恕与陪伴。

如果说精神，
哪种能比物质中的精神更为高贵？

冰　河

极寒到来时，水就闭关了。
不是每种感受都能化作语言，设身处地只是妄想。
草木要如何理解河流的生长？
水如何能像云朵般，把根扎在天上？

万物有万物的角度和限制。
真理就是从自身出发，又回到自身。

那么现在，在闭关中喂养心头的鱼虾，
摸清石头桥洞磕碰自己的方位，与芦苇的根茎静对，
和植物一起练习如何过冬，如何储存能量。

让万物在距离中反思，在尊重各自的独特性中，
学会分享，学会不逾分寸的分享。

雪

像一场想象，遮掩了真实
万物，再次是我们可以恋爱的模样
于是我们惊呼相告，与人间天堂深情拥抱。

雪退去时，
你能否爱上垃圾，爱上厕所？
你能爱上击打他身体的雷霆吗，你能爱上伤害她的愤怒吗？

你可看到美如流，怎样归入丑的大海？
你可看到善似花，怎样被恶之汁普渡？
你能否爱上人间真实？
你能否看清为了一场唯美的想象，我们怎样将真实摔打成伤？

你能否看到雪是一条逃逸恶的河流，
它在清高中远上九重天，以为能独自为美一尘不染。
却终于在清明中归来，
向接纳包容万物的大地，俯身学习胸怀与谦逊……

爱

疼，痛，苦……
渴望爱，但更惧怕爱！
爱让你卸掉面具与盔甲，让你
束手就擒，不能自我保护，更无法还击！

所以，面对真爱，你走一步退三步的自我折磨，
你不善待来到生命里的人，而是对来帮你
找到自己的人，拿起荆棘与刺刀！
然而爱就是要折磨你，折磨到你遍体鳞伤，
好把自我的坏血放掉，爱就是要扯掉你虚荣的面纱，
好让你能够面对自己的真容！

在时光中受伤也意味着某种脱落，
你看脱落后的真你那么美丽
但你不向内看，无法面对自己，尽管那个自己
光芒四射，柔软又无坚不摧
但你却看不到被宇宙疼爱的宠儿！

那么，就先为爱受伤吧，为爱流血。
总有一天，你会知道

爱不是关系，爱更是状态，
爱不是得到外物，爱更是得到你自己！

那么，就让这最初对爱的理解
更加无情地伤害你，
因为上帝设定的每条路都通向对，你也不会做错什么，
就让打击把你身上无用的坏血放空，
你才能得到健康的真爱，生命的义谛！

而在没有明白爱之前，
需要多刺痛般的帮助，需要多少爱的功课，
你才会知道，
爱是你，爱的珍珠就是找回你自己！

鳞　片

不会和任何一个你去争执。
因为你是我，我也是你。

很多惯用名词的称呼很有问题，
比如我终于体会到，
你我都不是生命，是生命流经过你我。

我终于感受到我们只是鳞片，
保存，守护，传递着我们之下的真生。
我们拥有的光是生命流经的芒。

所以要无知的骄傲什么？
好好守护鳞片下的生命之身，
那是我，也是你。

无需为琐碎的鸡毛争执不休，
我们什么也不是，
但我们共为一体，同宗同源。

清　零

在剪刀和手指
之间，还横斜着一些余音。
用余光将头脑中那些垂挂的声音剪掉，
才看到手指和剪刀明亮起来，剪指甲这个动作
也变得清澈。
清澈让我不由喜悦。

荡秋千时，云那么白，
但眼睛看到的却是别的图像。
这些陈旧的画面挡在天空，秋千，和我之间。
直到用意识摔掉那些想象，
眼眸才接受到雪白的洗礼，才感受秋千对身体的唤醒，
而不是梦游般，当下在一层，
却将能量流失在二层。

你就在我面前，像
崭新的一天。我却用记忆运送来不快
用无数往昔将你剁成碎片。
让今天的美好密布曾经的阴影，让你我之间
再难长出生机。

直到向流水学习不断清零，
才看见关系开花，崭新在彼此身上不断生长。

清零，再清零
一路，要无数遍清扫这心念纷纭……

大脑客厅

尘灰吊子，尘灰吊子……
可曾看到
大脑遍布随生随灭的念头尘灰吊子？

击打岩石的
海浪般的尘灰吊子
无人老屋中灰飞烟灭的尘灰吊子……

这声响，颜色
多污染置于高空花园的头脑会客厅！

直到
路过某处丛林上的鸟鸣
那清泉喷涌的水声
才让绿萝喷吐出袅袅生机
才让实木地板
映照出每道光的自若悠闲

此　刻

闹钟又响了几声
而我的现在，却不是这个时候……

我还
沉浸在上一刻的漩涡
反思着为何自己又掉入同一坑洞，
永远做着固有模式的囚徒……

时间一秒秒雨点般落在我身上
我却追逐着远去的泡沫
想战胜那不复存在的自己……

直到精疲力尽
直到下一刻走过来，拍拍我的肩。

我才回过神来
才摸到当下……这守护我的
唯一真实，这时刻等着陪我启航的诺亚方舟……

树的讯息

一

雨消风歇，旷野上重又平静
鸟儿忘记昨夜的无家可归，再次歌咏光明
群木见识过闪电轰鸣，暴雨如注
但此刻，皆各归其位。

梧桐安于无数叶落，草木安于足下泥土
风雨的摧残使它们无视外物
收心于此在与本色。

它们汲取力量的静默，总给我注入莫名震颤。
端起食物与书籍
我也默默浇灌着心中那株和它们交相辉映的无花果。

二

一棵树总沉默着
树的沉默不像人的沉默那样心思难猜
一棵树的色彩

和它在风中的姿态，都在传递内心讯息。

我和无数棵树已这样
对视了数亿遍。也确信世间相看两不厌的，
惟有树，惟有大自然。

一棵树可被喜爱，它深知不增不减。
一棵树会被伤害，它向天空寻求力量。
一棵树甚至会被愚蠢砍伐，
但它的坚韧与顽强，
却无法从人类的怀念中被斩断。

世界这么大，
能给我光明与启示的人少之又少。
但凝望一棵存在之树
那丰富的流动，动辄让我心潮起伏，泪水潸然……

真相，无人能知

一

外人知道我的面子，
家人知道我的里子。
可远看一颗树
散发着绿色光芒，树下总有些阴凉。

以为我是光芒，
或以为我是阴凉，都是片面。
即使有幸知道里子和面子，
还是不了解我。
因为一棵树更多部分，都在根茎与枝叶中。

就算挖开根，能知根系，
依然不明白
那些营养如何被根须汲取和转化……

二

你对我一无所知

我又何尝
不是自己的陌生人，对于自身之谜一直无知。

我时常感到
无形的泵拉动无数股喷泉，在体内涌动，
却无法探究根由，
更无能为力，一切在自己之内的发生……

位　置

眼睛像摄像头一样探出窗外
它伸出的光束，正被亿万雨滴清洗。
甚至，那无形的镜片
被春天无数朵花染红，又被无数条绿枝拂去灰尘。

一低头，这高度
自动化的镜头又缩回来，审视
自己的内在。

鸟鸣在清泉濯石，念头
在柳絮轻飞。继续向着漆黑浸去，
又呈现成鸿蒙与混沌……

我在哪里？
我在人己链接的
边缘处，在掌控无数摄像头的手心中……

聆　听

我是戴在声音手上的一只指环
夜晚她摇动微酣的我，如同天穹下的星星摇动黑色麦田
清晨她摇动苏醒的我，如同大地上的河流摇动白色浪涛

她摇得我轻盈通透
以至于常年我都能听见细胞在歌唱，听见空气在消融
它们都坍塌向沉重的我，让我跌落向更深更新的寂静

但她又把我打捞起来，不允许我的耳朵在虚空中听到幻觉。
她把我像银环一样掷向街头的阳光，
并跟我说：
你得把黑暗中的存在，
像电光石火般，璀璨给失明的眼睛看

幻　化

雨声中，闭着眼的我
变成一只挂在路灯架上的花盆
承接甘露的滋润，并将多余的爱，向草木深处抛洒

雨声中，细胞如同苏醒的绿茶
冰凉的雨在浇灌着我时，却变成沸水
将茶的色泽从浸润中打捞，而绿的清香则随波向外漫溢

这潇潇雨声中，我如竹如草如花
哪有我呢，
万物在我之内，被雨声浇出原形
而我走过去，看见自己在万物中存融

水　滴

一滴水，展翼飞起来
成为云。

一滴敛翅的水，慢慢向下降落
成为雨。

一滴水，从叶脉中抬起头
成为露。

一滴露，外出想家了
成为泪。

一滴水，在心荷上看着无数滴水
辗转，踯躅。
升腾，降落……

一滴心灵的水珠，
沿着我，不断试探扩大着存在的振幅。

无数滴水

在洪荒间迷漫，变幻，起落

存在有着何等巨大无垠的心叶，
繁若满天星子
好盛放
一滴，又一滴水光……

石 头

一

石头，是地球上真正的墓园，
当我们不理解永恒的沉默，当我们视它为无生命，
它却像神庙一样，收藏着我们的祖先。

二

走近一颗石头，要虔诚，再虔诚
多少石头在沧海桑田中转化成我们，而我们
也将归于灰尘
最终在时间的磨砺黑暗的压缩中变成石头
所以，面对一颗石头，
就是在阅读生命的来处与剧终。

三

石头，比这星球的寿命都长。
石头中富含的重金属，是最优秀恒星经过亿万年燃烧
在死亡瞬间的释放。

而这一点点恩赐给我们星球的厚礼，

才养育我们无数生命。

四

我深信石头是和我们不一样的生命。
朝生暮死的虫，是围绕我们的小行星，
而石头，则是我们的小恒星。

当我们的祖祖辈辈在生死中轮回不复存在，
石头就像才打个小盹。
时间，在高质量的物体面前走得总异常缓慢，
当我们不懂更漫长的存在，
无法用它那双幽深的眼眸观看宇宙，
我们凭什么敢自诩只有自己是生命？

五

面对流水，我看到人类。
面对石头，总想到永恒。
流水落花的存在固然自有意义，
可把这奇妙的宇宙看得更明了清晰，
总是更得上帝厚爱。

我于是老想给任何一颗普通的石头鞠躬，
感谢它的旅程可以更长。
能把人没法看到的，
没能实现的，在这苍穹中继续下去……

大　地

从你出发，又将你背离。
以为高远处才有阳光，
为了虚无之光，扯着自己头发拼命生长。

直到凋零，
被你的爱收在掌心，才看懂
你的每寸泥土，都是遁世隐居的光粒。

多年来
以何等缄默深爱的姿态
滋养
陪伴我成长。

迷　宫

地铁出口
黑色的电梯，把一个个人运送进光明，
但旋即，
人又把自己塞进黑暗⋯⋯

图书馆中
一层层书甘为地砖，想把人运送进光明，
但稍不留神，
心又掉进深渊⋯⋯

行走着的人啊，
时间正踩在你脸上，无影灯一般。
翻书的人啊，
可知谁正翻动着你，没用半根指头⋯⋯

就地还家

合上书稿，关上房门
打把伞，我带着我的家走进雨中

从脚尖伸出的藤蔓
从黑发中生出的渴望
如今全都缩回去，向内生长
即使狂风骤雨，也不会像路边的鸢尾与丁香被不断打湿……

漆黑的内心
原来是一把偌大的伞，一个永恒的田园之家啊，
假如
不被欲望带着向外奔跑，
一个人的内在，也可以这般安静且丰饶。

就地还家，
无论在哪里，
都要不断意识到
只要我和自己能静默地挨在一起，
便是归根，
便是就地还家……

蜷　缩

醒在一个黄昏般暮气的清晨，
蜷缩着自己，看着天空的日光灯刺眼晃动，
不敢承认，有一颗比时间更大的心。

总这样在蜷缩，爱情蜷缩在婚姻的圈里，
理想蜷缩在现实的圈里。
甚至刚出生就是蜷缩的姿势。
明明千年的灵魂，却佝偻在零刻度的躯壳内。
一幅宿世修成的佛容，却假装行囊空空。

这一生，原来都在学习诞生时的姿势。
将更大装入更小，冲不出各种无形如咒的牢笼，
让规矩把真实噬咬的，鲜血淋漓……

有　感

爱得都不够深，
如果足够深，先是把自我放弃，
接着，把爱人凿穿。

仿佛站在人己外面，地球外面
看人间戏剧，各种上演。
荒凉与悲悯会一起升起，
顿间，无爱无恨，
冷漠地看自己，犹如看着他人。

冷漠地，
犹如夜色中的星辰洒着清晖，
沿着命定的轨道，
不再携带一丝丝情感……

桂 花

一

一年就发声一次，
更久的时光用来沉寂，酝酿。

积雨的黄昏，
有点焦急地穿过马路。
却感到
有谁从嗅觉中伸出手臂。
柔软却有力量的拥抱
立刻让我的意志掉转了方向。

和它的美好亲吻，
握手。
看它轻盈又毫不负累的爱，
落进心底。

走后，还一遍遍轻嗅着它含蓄的香
和涂了满脑壁的金黄……

二

在林子旁的石阶上坐下来
慢慢享用，这逐渐打开的清晨和早餐。

蜗牛从潮湿的九月中爬出来，
透明的，像一个人藏不住的想法和念头。

弯下腰，仔细数它的触须
每天，我都被这涌来的各种海浪打湿或打笑。

一起身，无意中却看见
人竟坐在一棵高大桂花树的庇护下。

三

黑色开烧了，这凉丝丝的寒焰。
而人摇着呼吸的桨，是不知走向何处的舟。

漆黑中熟悉的香味飘来，像灯塔飘来问候。
或一阵自信的白云，涤荡过肺腑中的恐惧。

久久停驻，让看不见的光明
换去骨缝中那逃逸不掉的隐秘黑暗……

审　视

疾病的钥匙，缓缓开动肌体的闸门
想让顶楼那些锈迹斑斑的指手画脚脱落。

但叽喳的声音覆盖了整座教室。
只有肉体的桌椅，在宁静中对接着天地风云的消息。

抱着骨骼中的疼痛，梳理那些交织的纤维。
盯住头脑中信念的守卫，看看多年来
它如何折磨这柔弱的肉身……

相 和

雨来前，总有点不安
辗转反侧的起伏，莫名其妙的失眠。

仿佛，山岗上颗颗石头满怀等待，
躯体中来自石头的金属元素，也会听命于
这种振频与合声。
似乎，那些等待雨水的植物迎风招展，
细胞中早就更名改姓的植物，也会听到召唤，
不断睁开眼睛。

好像此生的饮食行走，轮回中存在的共融，
早就把河流山川，星辰万物的种子种进肉身，
天地的风吹草动，也成了它的风吹草动。

所以，一场雨来的预兆，
头脑不知道，沉默的身体却知道。

甚至夜半雨敲窗棂，
知道万物正喜悦，昏睡的肉身在梦中，
也从嘴角露出了几丝微笑。

和　谐

逐渐能看见，
肢生于我自身的诸多旁体：
青烟缭绕的想象。火焰蒸腾的
愤怒。气流不绝的哀怨……

这些虚拟的薄如羽翼的非物质，
牢固操纵着我真实存在的肉身。
多少年来，我掉入这深层黑暗，
企图剪去，
或将多出我的假体按回原位。

却是含着爱的泪珠抚过时，
这虚拟的能量
突然化作漆黑透亮的鹏之大翅，
将我的生命驮出困境，
托上云层……

此　刻

我走进园中，所有的风都温顺起来，
向我展露大地深处的宁静。

蒲公英的子女都已飞远，
它举着空空的杆微笑，说它钓到了希望。

海棠和金银花收回弯曲的身子，
重新触摸着看不见的重心。

我在正午的椅子上坐下来，
心头一片光净大地。

风再来，光洁的
大地上，也不会吹起半片落叶。

栅　栏

昼夜，这分割日子的
黑白栅栏。
永无休止地沿着时间铺陈下去……

白日目光的任何膨胀，
都会被一张觉知的薄膜，轻轻挡回来。
但夜的梦中
目光继续膨胀……

直到醒在一个真实的早晨，
找不见栅栏里关着的人。

只看见黑白栅栏
在弹奏着一江
无视波明波灭的流水……

我

你以为
我是这一刻的我
或上一刻的我

你错了
我站在所有的刻度上
和所有的刻度间

甚至
我比这个更长

我站在所有的刻度外
你永远没有一把准确的尺子
可以衡量

捂 脸

他真懒，
最近不上班，整天叫外卖。
不怕给世界制造垃圾，不怕热饭
放进塑料饭盒，会致癌。

心中这个声音蝌蚪一样
探出头，另一个声音很快就来补充：

对，他懒时能懒到家
一次懒觉能睡十四五个小时。可他勤快起来
每天风雨无阻接送孩子
却从不抱怨。

这声音从哪里来，我还没分辨出
走进厨房摸了下电壶，马上又有不满：
电壶里一滴水都没有
不是我每次烧水，每天根本没人烧水。

这张面孔
又被内在程序自动播放出来，

丑陋又狰狞。
比之他的缺点，
内在的这种声音，现在令我更沮丧。

努力这么久，我
不想看见
心里仍藏着一张会带谴责说话的脸⋯⋯

老人与海

海，从不说自己能纳百川。
海甚至从不说，自己是海。

但人出口必是我，
我能，
我将竭尽全力证明
自己万能。

那个万能的，
托起千万星球，千万海子，千万个我。
它没有名字。

只有它托起的人
对着波浪喊：
海纳百川。

海沉默，
海下的无限都在沉默。

所有无名的，

都在沉默。

只有有名的在喊。
喊错了，还在喊。

海面波光粼粼，
时间摔碎的舌头，
比浪花还多。

回　望

夜深时，潮汐渐退。
沉静纤细的羽毛，纷纷飘过耳鬓。
向下沉浸，更深的海水触及陆地。
彻底的信赖，让酣睡慢慢降临。

合眼前，向被我的恐惧
垫疼的手心与眼神说抱歉。
向被随波逐流时的烦躁
击伤而黯然的自己说抱歉。

流水不腐，这其中的自净
或许正是每日折腾的意义。
好在，烦恼皆菩提，
每点雾障都将目光擦得更亮。

甚至，就是在流霭中迷失
此刻，无边的海岸线都会再次告诉我
白天，刮过的滔天飓风和大浪
并没什么。

因为一切海，都紧握在
陆地的掌心。

一　天

时间的环形跑道，刻度是二十四小时。
有人睡两个小时，剩余时间都在跑，
有人跑两个小时，其余时间都在睡。

有人拿着的冰淇淋化了，
有人正依偎着一块烤红薯。
有人被跑道上的黄线勒着神经
有人忘记操场，捏着一瓣雪
找不到无端在此的原因。

计时员不管，这是一场和自己的赛事。
在平面的距离上，我也活力不足
运行有限。思绪的喷泉总是冲出我
然后又落下，似乎我从事的是一场升降运动。

我无意于这场平面赛事中胜出，
只希望，夜夜的喷泉
能将我化成一朵蓝色的睡眠，
浸透在宁静的瓶中。

测不准定律

时间，
一杆秤上的准星。
它把我向上拉了拉，
一秤，轻了。

它把我又往上拉了拉，
一秤，还是轻。
它把我从未知中不断拽进时间。
称了一辈子，总秤轻。

直到它那杆秤生命的秤，
刻度都没了，
而我像一条离水的鱼一样，
瞬间
又滑进深海中。

它怎可能秤准我呢
更多的我，
都隐身于无形中。

电　影

女主角永远在画画，
画板和画布不知谁帮她洗净了。

男主角永远在吃饭，
饭不知谁做的，碗也没见洗就去上班。

夜里男主角去遛狗，
女主角弹吉他，屋里居然没有狗尿要擦。

我多想活在电影中，可另一念马上泛起，
假如让我拍一部电影，我就让男女主角不停干活
让人们确认不存在一种没有影子的生活

你拥有的，都拥有你。
伺候你的，你都得去伺候。
衣服为你服务，清洁熨烫是你为它服务。
屋子为你服务，打扫整理是你为它服务。

一切事物都会嘟着嘴，连醋壶没放在地方都会发出不满。
万物都要求着尊严和秩序。

所以，可以全然享受的时刻多么珍贵
它意味着你将一切放置妥当。

但没多久，杂乱又开始下山。
你又开始整理，整理。
这才是生活最真实的电影：
推在每个人手中那枚西西弗的周而复始的石头。

为了可见的不可见光

我开始考虑，如何站在可见光中
对人说话。

而不说，蜻蜓看见的世界
是慢镜头，因为它大脑转速极快。
也不说，蛇的眼睛依靠热成像
所以，冷血动物比谁都对温度敏感
就像疾病是另一种保护。

也不说马低头走路，因为它们有着双视力
而马看不见叠加区域，所以它总盯着自己的盲区。
也不说猫狗都是色盲，你天天换衣服，
在它们看都一样。

不，这些好玩的花朵被我一次次搓烂
没有人闻见它奇异的芬芳。
我开始试图不说这些非常规语言
说政治，说穿衣，说饮食……

可爬山虎早就长过围墙，
眼前未知的那段，
让它感到漆黑中太阳的渴……

鸟　鸣

一

鸟鸣，是黎明之手
从黑暗草丛中捡来的白鸭蛋
每一声，都抖动着欢快与喜悦；

鸟鸣，是黑精灵
从夜森林中采集出的野草莓
露珠中闪动的红，散发崭新清甜的诱惑；

鸟鸣，是黑夜伸向晨曦山巅的雪白
粒粒，都闪耀着窒息睡眠的光芒；

鸟鸣，是无边夜梦的黑水
是黑水，在纤月下滑过的粼粼波光……

二

如果鸟鸣的指头轻叩过
黎明的窗户

如果鸟鸣茸茸的细叶尖伸进耳朵，让神经酥醉
如果它敲打耳膜总水滴般温和清亮
我就放弃持守这夜
放弃对梦境的百般留恋，打开睡眠的大门让它进来。

我可以成为旷野
让无数鸟鸣的清澈做恣意的风。
我可以成为满是窗户的房子，
让它们的唤醒穿过我游向更多睡梦。

如果鸟鸣就这样趴在我的梦境外探望，
如果它一遍遍用轻盈的音脚将我的听觉走成绿茵，
我就放弃供奉睡神，
而甘愿成为被晨曦弹奏着的那面坡地。

三

一根火柴，在耳畔想打着自己
它伸进来，探问着我的梦境可不可以

微弱的摩擦，一声又一声的啁啾
突然，火光被打着了

而失去的梦境，再使劲拉
也裹不住缠绕意识的蚕丝被

睁眼，鸟鸣
像一束带着雨露的白玫瑰
颤栗不安地，将芬芳抖进我的呼吸

四

鸟鸣，春雨般落下来
被淋湿的她，却停住脚步
渴望被淋得更湿更透……

鸟鸣，茉莉花粒般落下来
她扬起脸，变成一只听话的茶杯
想用虔诚多接几盏……

鸟鸣，香气一般沁过来，
有坚冰正在融化，仿佛无味的水
找到滋味，贪婪地用缕缕色彩，浸染味觉嗅觉……

鸟鸣，露水般滴下来
被冻僵的心地上，开始冒出不死的新芽……

五

请从听觉里继续滴落，
用看不见的手，擦洗神经上的灰尘

请用一道道光劈开这迟钝

让枯萎堵塞的经络，得到疏通供给和滋养

请用独有的音频，向萎靡发出指令
让它们像你一样，明亮鲜活，且又如此生动。

请去触不到的阴影与沟壑处弹奏
只有你声音的手指能将内心弹奏得这般光明舒坦啊，

如水的，如水的嘀嗒
我对你的声线，有着多么甜蜜的渴望与顺从……

六

鸟鸣，
是黑色百叶窗上，那玻璃珠做成的白色拉绳
一下下，
把黑夜折叠，将黎明打开。

鸟鸣，
是风纱上的点点流苏。
风虽无形，鸟鸣却在树梢上
不时抖落着它存在的微步与姿容。

鸟鸣，
是穿耳而过的深海小银鱼，
它用这样的穿越告诉我，人本无形，
像中空的秘密通道，是无数物质的整合重组与兼容……

七

从你凌空的足下，到我沉睡的耳根
一条道路已被修通。

请沿着听觉的轻轨，进入我的耳蜗。
请用你碧绿的清泉，濯洗我的耳道。
请用你无尽鸟语，清理脑海中的无尽灰尘。
请把黑暗的骨缝，变得透明洁净芬芳。

你多像在我窗前叮当作响的一串钥匙啊，
每天开启着我的黎明。
请从我耳道伸进去，
向我黑暗中生锈的从未被开启的深深锁孔拧去，
请为我的内在
开启千鸣万啭的喜悦与光明……

为了感觉你的足音，
为了聆听到你声音中的五指是如何伸开又并拢，
为感到你在我身上触发的一切奇妙，
我变得像结冰般沉静。

然后，我看到你声音的脚步缓缓走过听觉旷野，
把雪花般清脆的足音，像植物一般
种满我心地……

蜀道歌

一

活着是实线在勾勒。从蜀道走过的那些名字
李白与杜甫，则是一呼唤就会出现的虚线
此刻，古今的哀愁与我并肩走在金牛道中
迎着杜牧笔下马蹄的风烟，当诗心在召唤。

沟通，是一柄射穿隔绝，从心到心的箭。
文人就墨，饱蘸缤纷的想象在脑中试臂，
而尘世的剑拔弩张，则真枪实弹：

五丁弹铗，斫破苍崖，是蜀帝欲念射出的第一箭
而后念念相续，一条心血之箭射出的蜀道
就在人类的眼光与野心中开凿，延伸。

秦扫六合，定鼎天下。一主功成
千骨枯的悲凉，使子午道上血流成河。
北击匈奴，六出岐山。犹是春闺
梦里人的哀叹，让剑门关下离歌成阙。

米仓道上身同牛马，明月峡游人如织

崎岖的驿道上，送荔枝的走过，驼米粮的走过，
背丝绸的走过，贩盐巴的走过……

青石板上坑洼不平的洞眼，是川流不息的人用绝望击打的。
翠云廊中各种口音的柏树，是南来北往的客用乡音教会的。
飞檐翘上，金铎的声响警钟一样昼夜不息。
唯有满江纸墨词赋回荡着李白的"蜀道难"：

难的是一条雄浑之道，皆是用命按出的印记。
难的是功过错对混淆，只落得来者诗泪湿笺。

沟通，是射穿隔绝，从心到心的箭。
横绝秦楚的翠障，今有千里江陵一日还的快感。
唯蜀道朗朗如大道，在诉说着
道生道灭中，每只箭曾抵达与曾错失的。

二

把秦岭这册合集翻开，抽出蜀道这本书
翻到子目录：金牛道，荔枝道，陈仓道，连云道……
随便挑一页进去，都令人迷失。

且不说烟笼碧砌、卷雾山楹，也不说高山崔嵬，渊水入冥。
就是那些草名：蛇泡草，铁线草、竹节草，地丁草……
都令人目炫。
再加上这些名字：檀木，桤木，柏木，悬铃木……
更让人神迷。

处处是引人入胜的美景，又步步是运筹帷幄的陷阱。
想起一句剑外忽闻收蓟北，就为那个傻书生落了泪。
长安与他何干，不过是政权的更迭，
他却想着大庇天下寒士俱欢颜。

想起一句行宫见月伤心色，又为那个痴皇帝伤了情，
终是不爱美人爱江山，痛失爱情的人
余生也是行尸走肉，只能随青娥逐日老去。

三

翠云廊中空无一人，我把脚步放轻
听"踏踏"的步履声像秒针，被青苔下的石板吞吃。

这是古代最好的高速公路，
白天鸣铃，夜间举火。铺铺换马，数铺换人。
路上必定尸骨成堆，令我每走一步都抱歉万分。

这路上曾有剑门驿，汉源驿，柳州驿，琅玡驿
那些显赫的名字，比草叶落入泥土腐烂得更快。
汉源驿被一群满脸尘黑的古柏包围着，
昔日的茅草，换成了铁皮做的仿茅草，
再也不会被淋透，却不能庇护那些有家难归的
将士和冤魂。

翠云廊中空无一人，我把脚步放轻
听"踏踏"的步履声像秒针，被青苔下的石板吞吃……

苏　醒

一

鸟鸣借助听觉，按下苏醒的按钮
脑海的显示器随之启动
最初的雪花点，到斑驳的汉字碎片
在屏幕上飞快演绎运算

意识用手扑灭即将燎原的明亮
想让在梦境中嬉戏的水鸟尽情放松
想让关在梦境之外狼的吼声
不要进来，让羔羊轻柔在坡上吃草

可关门声却撕去睡眠最后一道封条
将新一天的可用能量，猛然打入体内
让一个人的运转指示灯，瞬间随程序启动

二

苏醒，是电源突然接通
一个念头，水纹般平缓出现
又一个念头，带着燃烧的火星

第三个念头，大火终于扑出去
烧着空气，周围，更烧焦自己
第四个念头，则如清流笑着漾开

这莫名其妙演绎着的一天天
今早醒来，念头又来
我用目光的指头帮它断电
当人头斑点般布满我的眼睛
当车声敲打我漏雨似的耳膜
我欢迎它们进来
看念头成灰，看我被踩没
看空无中飘荡起无主的空

三

黑雪下了一夜
人被冷冻在睡梦中
最早苏醒的脚步
在雪上划下一道印迹
梦就被光线照得松动
水声，说话声，喝水声……
雪地上脚印越踩越大

拼命用被子遮音
撕扯梦盖住光的入口
都不能改变睡眠在消融
直到，雪越来越薄

浮冰渐渐无法留存
醒的水流成为淋浴……

四

苏醒，像意识翻开盖，
眼皮随之打开……无限的清晨掉进来

光滑的天空，清亮的鸟鸣
烛台般的花开，水塘上飘动的宁静
随着鳞次栉比的大楼
掉进来……

点数过一天天，一年年
发觉内在有的，外在都有
外在有的，也多隐藏于内在

才渐渐
停止谴责，慢慢学会接纳
才知道
珍爱存在种种，就是珍爱自己

五

接连沉没的巨轮
昨夜逃脱搁浅，去深海里吃水
此刻，收帆声与水手在甲板上的走动声

都在体内踩动

睁眼，谁把帆船瞬间折叠
让小屋是扔在岸边的半片贝壳
让我是爬出沙滩的寄居蟹
慢慢
用窗前的海棠茉莉榕树之绿，喂养自己

六

鸟鸣——这千根万根银线
洒入梦之将醒的黑水中——这半水半沙滩

它要垂钓出骨骼上的鱼，
脑中水藻，废弃之木，探险者的旧帆
就像水面上收集垃圾的海船
用它的细渔网打捞着我生命中的全部懒惰

睡梦没有融化掉的，
由小鸟用歌声来完成……

而我欣然享受，在这之后
存在者漾起的千里平静，万里恬淡……

七

六点二十的闹铃

刀锋般，将睡梦篱笆外的韭菜
割去一片。闭眼正疼痛湿手的新鲜，
拧门声，将梦的柴扉也吹打得迎风晃动。

说话声凉凉打在头顶，脚步声沾去梦地上
宁静坐禅的雪。而刷牙时牙膏的气息
像在闭合空气中捅出一条光路。

睡梦变得松动，再几声车响鸟鸣
更远的空旷，就拉出拓片下觉醒的实景。
睁眼，纱帘外夜尚朦胧，只有一个
回不去的人，怀抱梦境消融时的几丝凄冷。

八

林木深深，落叶几重
睡眠轻挥掉寒径浓雾
鸟鸣啄开层层腐叶
裸露出泥土的前额……

和那眼神对望：
能看到
种子已经破土
清新的色调不断晕开
绿波正荡过来

……这崭新无比饱含生机的我

九

黑夜让世界虚化
鸟鸣的小手指却从耳蜗里伸入
将一个人的门闩，从内部打开

涌进屋中的首先是思想
它快速展开播放器，
让你看一张张表情，一幅幅心念

但你能量尚足，一眼就将魅影识破
可一日之间
你将领受无数次这样的袭扰与试探
或是赢，或败下阵来

直到新的夜晚，牧羊人将你，
连同无数生命，
赶进睡眠——这隔离风雨的温暖羊圈。

十

鸟鸣从耳蜗中捅入
过于柔软无力
不够捅开锈迹斑斑的锁眼

直到炮声的钢针
将耳膜顷刻捅破

无垠的困倦像黑暗裹着残液
顺着骨缝淌空

八点多已经彻明的天空
才可以用窗指
轻易揭开一个人的苏醒

十一

一个人
抽打着呼吸的软鞭
在黑暗中飞翔，或跋涉多久
才能抵达睡梦

而在梦境里游走的灵魂
得翻越多少雪线之上的险恶
多少巨浪沟壑，戈壁沙漠
以及长久的荒草没径
才能抵达到一个人的窗前

苏醒，是魂魄归来
而睡眠，是灵赴故里

十二

朦胧中，一只青花瓷碗伸过来
身体睁开觉知之眼

能看清，是胃将自己捧在手心
祈求一点食物，两份在意，三份温暖。

眼皮仍替细胞持守黑夜
但瓷器的清凉，
手在碗下的颤抖，却将震波传递过整个躯体

无数个轻慢过自己的时刻飘来
无数次痛苦打湿打伤的，就是这只青碗，
它都旧了，在旧的裂纹中喊疼

我腾然从床上跃起
我要为这只在我身上乞讨求怜的碗，
寻找一份丰盛有爱的早餐。

十三

黑浆，白浆
调制在杯中的咖啡，无勺而自动

这是意识的混沌初开时分
有时，却是无垠的黑色冻土
单调浮现的一个意象，如雪球般滚开

那时，人并没醒
却深知
如果诡异的意象神奇的视觉

能有幸被完整无损地
带出梦境，
不被梦国的哨兵克扣损伤
就全是奇妙无比的诗！

十四

黎明在一块方窗上显影
苏醒的第一朵黑蔷薇从夜树上掉落
然后更多
跌入白色泄洪口

这是内在感觉的演绎
在外围，黑暗冰封的四肢也在逐渐松动
等到眼皮于峰顶竭力一跃
如山般沉重，盔甲样冰结着皮肤的黑暗
就从肢体外哐啷脱落

像夜裂壳，
新生下又一个婴孩……

十五

世界是双层，乃至
多层，我越发确信无疑

当一切归于寂静，

我能听见，四周沉默的巨响
空气的溪水，在吹动岩石一样的我
空气的电流，在击穿绝缘体般的我
空气的琴弦，在拉动锈迹斑斑的我

那双手在哪里？那双缄默
深情的眼，那把呼吸灌注满空气
一直拉动万物的大提琴手，
他在哪里？

没有人见过，因此没人信任这存在
但只要安静下来，听空气呢喃，
听鸟鸣带来黑暗与光明的跳跃
我总能感觉
真实的不仅是人间韵律
而是那只手在暗示着的气象与节奏

十六

仿佛有个小孩要被分娩
五点半，苏醒开始在体内晃动

开灯拿书，睡眠却蓬草般长成一团
牵牵绊绊，书倒在怀里
眼皮更是被睫毛
以及比睫毛略浅的黑夜绊住

倒下来，在柔软中
完成和睡眠最后的温存与纠缠

七点钟，像被死生到这世上
我睁开新生儿般光洁裸色的眼

十七

像凋落的叶，被泥土一点点
吮吸亲吻，融化进大地的怀抱
经过昨夜黑色的睡眠
今晨，生命又像春生的新芽
带着满满力量，开始在枝头挥翅

我的飞翔不再是飞向远方
而是安于此枝此树，此地此刻
不去寻找答案，让所有答案自己走来
不去寻找美好，让美好从安静中自现

我只享受，
这呼吸般的暮合朝开……

十八

世界之国署名为：
中国、美国、法国、日本、澳大利亚……
而我的国界是：

星国、花国、云国、草国、流水之国……
我夜夜出国，
那心灵天然的度假圣地——梦国。

早晨，刚穿越梦境边界线
就跌入突然飘来的雪国
好一阵心欢神喜。
因为昨夜梦国墙上，
隐约曾见雪地上一匹白马驶过。
必是预言天使，
告知我将到的旅途吧？

但我还梦见
将菜油倒进电热水壶，引起电源爆炸
这恶兆，雪国众精灵请替我熄灭吧……

十九

a

晨曦展翼落在飘窗外
鸟鸣是它羽毛上抖动的光斑

将指甲抠出血
在黑暗的绝壁上攀援多久
才迎来安静如斯，温馨如斯

推窗望去，

掠过树顶的风，用洁白如棉的一阵柔软
擦拭去脑海中浮动的所有杂念

b

 太阳又摇起它的大桨，载动万物。
这千缕万缕的光线，是粼粼波光。

呼吸它豁开的清新吧，
跟紧这航向。

我们的生命，只是恢弘存在中的翻涌水滴，
或甲板上白帆托出的丝丝纹理。

二十

a

 光涌入
海水充斥着屋子
空气是咕咚的泡沫

光涌进来
冲濯着，要把她内部之光
线头一样拽出来

光去，万物消殒
光来，万物显形
被浇灌的万物喝足光

发出自身的赤橙青蓝

此刻，窗前
一株吊兰
正透射出自身的静之光
匕首的叶尖
把坚持向每一个纬度中
——伸展

b
夜晚被开走
早晨被开来
时间的无轨电车
又进入窗口的
四又三分之一车站

对太阳
那面心中的国旗
行注目礼
感谢它把肃穆
洒进血液

国旗虚晃一枪
朝东的玻璃
又映出另一轮朝阳

过强的光让自身失明

太阳——
太阳一定是个瞎子
它的周遭漆黑一片
它的眼
什么都看不见

c

铜塑的寂静
砌在蟹爪兰的棱角上
软芯的期待
喷泉一样向上生长

阳光将一把火
递进新日子,
谁需要被燃烧?

凝望被寂静铸成石像
念之芽
——在眼尖打苞

二十一

泥土上的黑森林连成片
梦境,正衍生出繁复的宁静

你的声音,探照灯般打进耳畔
你的脚步,带着道路豁开草丛

随即，昨夜月光般的鸟鸣
也展翅飞进来，擦耳的声音
似用火柴，把黎明点燃

把头发往湿漉漉的黑里浸
请求黑色继续用无力之力
把疲倦从指尖抽干。

你的开门声，自来水管声
却伐木一般，将梦的森林砍倒一片……

二十二

又是一天，撕去日历的手
没留下丝毫声响，只是夜轻拉上帷幕
睡眠替意识关住内门
我们的生命，就陨落掉一瓣

上一秒像深渊，从此刻断裂
下秒雾霾笼罩，抬头看不见
我们蜷缩在云端一样的此地
也在脚下，变化迷离

还欲前行的能量
被困倦与黑暗困住
就在梦的车厢做短暂修整
然后，等明日道路打开

再随梦境，继续建造沙城

二十三

一颗凝在树枝间的琥珀
黎明绕着她转圈，心想如何能取出那飞蛾……

一条冷藏在睡眠中的鱼
温暖从门缝伸进手，用光线一点点解冻梦境……

一只被黑夜结界庇护的鸱鸺。
太阳手持利箭，要让明亮精准命中胸膛里的酣睡……

在风中都能瞌睡的人

贾平凹

一、她的生活态度和为文态度

有个画家叫林风眠，意思就是在风中都能瞌睡的人。

生活是不安静的，但穆蕾蕾安静。这不是她没有辛勤与烦恼，而是她能守得住物欲。或者说，她有挣扎，在挣扎中趋于了定力，这也就是她的为文。

她的定力第一来源于读书，她读了许多书，知识的书，心灵的书。第二是能思考，对这个世界复杂的人与物，对生命悲苦与喜悦。第三是逐渐遁脱而获得生存智慧，又同时获得属于自己的文字。

二、她的文字

我欣赏其诗，其散文，其主题之多义和表达之深幽，不论长短，总有让人惊艳和为之会心一笑的地方。

但思之沉幽又常常玄乎，不宜于广泛传播。在巨大的真实感情之下，有悲有喜有痛有痒有烦有闷了，不管你在呐喊，你在唠叨，或者自言自语，甚至呻吟，好诗文都有好句子，句子或有哲思或绝妙比喻，前者如北岛后者如张爱玲。但她乏之这些句子的朴素与明白。它有巫之味。或许，她的写作更多是为自己而作，其实为自己而作，作好了能久远。自己种自己的花，看出美丽闻出香气，而还要让路人也看到美丽闻到香气。这是她该努力的，因为她毕竟发表了作品和出版了在书店里流通的书籍。

在风中苏醒一会儿
——《倾听存在的河流》创作后记

穆蕾蕾

　　在这本书付梓成册之际，也是我写诗第十个年头了。我的写作来得晚，但酝酿得早。在我读着大量的书，却想这一生不要过那种"文章憎命达"的生活，上天悄悄和我开了一个玩笑。凡是我年轻时想做的每件事，想找的每一条出路，他都给我堵死了。原始的能量在一个年轻的躯体里叫嚷，三十岁时我拿起了笔。

　　就像年轻的史铁生本想着要出国，上帝却夺走他的双腿，把他悄悄放在轮椅上，他只能问着为什么开始自己的写作。我的写作也是为了精神的自我救赎。但走着走着，美与爱反正成了我不离不弃的追求。虽然也曾有过壮志，后来发现生命并不因为一些浮夸的东西变得美丽。甚至生命关注那些更微小更沉默的，于是我也潜入了"小"。

　　我酷爱大自然的一草一木，并自语：腌进大自然，我就绿了。捞出大自然，我就蔫了。我把大自然当做精神的母亲，不断受教于这最赤裸裸真理写就的教科书。我把大自然中的河流山川当奶瓶，并自嘲自己是永远无法断了这口奶的小孩，到死都要挂在母乳上。在大自然中我看到：风哼着自己的歌谣，正轻轻踩过水面；云是给眼睛吃的棉花糖，目光舔一下，心就能甜一点；石头是时间的面包，是收纳我们生命的墓园；花蕊中的蚂蚁在说，一朵牵牛花清晨的花心是甜的；落日的余晖美得让心颤，那甘露滴进仰望的眼睛，随之又落进心田；飞鸟是风中想要自由的叶，而一旦叶子的灵魂变成飞鸟，鸟却又常叩着树门想要回家；蚯蚓是终于脱掉重壳的蜗牛，蜗牛就是蚯蚓的前身。我在植物身上感觉到人的那半口呼吸，所以，一天看不到她们，就半死不活，一周见不到她们，便快奄奄一息。于是一次次奔向秦岭。就是一座秦岭，也宣告着我的无知。我父亲钻了一辈子秦岭，他只是熟悉地形。我钻了半辈子秦岭，发现遍地不知。所以，我才理解一位了不起的大师为何会说，"一个暑假，他只是旅行了自家的半个院子"。

我在探秘和撷美中也感受着自己的好色，尤其是绿色，我见一树喜欢一树，简直毫无抵抗力。我拿着手机，在山间野外捡拾美的麦穗。并向田野宣布，她叫看麦娘，她叫泽漆，她叫紫花地丁……，她们都是我的闺蜜；山中天空湛蓝纯净的，经常让人想跳进去洗澡；叶子揣着绿色的水壶，沿着光线的道路缓缓旅行，我渴了，就喝它一口。暴风雨前的云，就像堆放有致的温柔炸弹。只等柳眉一横，杏眼一瞋，就把愤怒的清凉撒下来。我看到木芙蓉开得兴高采烈，人走过，眉梢都沾上了喜气。我发觉，花就像点给眼睛的烛台。因为人太容易昏睡，所以需要一遍又一遍的春天，甚至漫山遍野的美，来让心灵在敏感中获得觉知。甚至，当阳光在安静的山上照耀，我开始疑心我们从未离开母体，一直活在太阳的子宫里。但大自然也不尽然全是美。站在山岭上看云海。层峦尽收眼底，一时心底无尘。就在这最美之处，看到眼皮下一堆爬满苍蝇的粪便。那最肮脏之物，在最美之境出现真是大煞风景。可这最美的树木，的确最需要这些垃圾滋养。荷花需要淤泥，草木需要粪便，就像人性中的丑陋加速了关系的死亡，各种垃圾对死期的推进，也是一种清洁与更新。

我迷恋四季变迁，当微信朋友圈春天此起彼伏的到来，我发觉花在这地球上散步，我们倒很像被观光的风景。花从岭南开到岭北，从西安开到新疆。甚至从中国逛到美国，从亚洲逛到北美洲。花都不用坐飞机，它只在根茎下被风轻轻施法，就可瞬间来个乾坤大挪移。或者，那根本就是同一双眼睛，穿过无数花朵在探望？秋天走在园子中，我看见四季里的草木之色，逐一在日子里绽放，与我们的生命渐渐浑然一体，以至于难以分辨彼此是谁。我惶惑的问自己，那是我吗？或许我曾是杏花迎春花野蘑菇，在我与之凝视的时刻，我们早已交换了生命的密码？

我也因此迷恋食物，觉得所有食物都和大自然都有关，体会它们就是在体会万物的更替与死亡。所以，春天的幸福从菜市场也能感觉到：苜蓿有了，香椿有了，茵陈有了，荠菜有了，竹笋也有了……。我要做的，是把春天用眼吞进去，用嘴吃进去，用鼻子吸进去，用手用脚揉进生命。所以，当秋天莲子成熟的季节，我看到，她是莲花时，美了人的眼睛，她是莲子时，香了人的味觉，到她消失，也是成为人的一部分。这生灭的流动，就像溪流穿越万物的丛林，并滋养万物。深切体会这一切，就能感受万物一体的交融，而在这种感受下，人自然就会对存在满含爱意。

"在我看之前我的眼睛已经看很久，而现在我才看，才不停地看"。——大自然在我身上唤醒了真正的生命，现在，是它醒了，借我看那些醒着的生命。当鸟鸣的溪水在我听觉里潺潺而过，当泛青的枝条间隐约绿雾一直萦绕，当地面从楼上望去一天比一天褪去枯黄，当所有花苞嫩芽都站在枝头等着自己的跑步哨响，当风在时间的潮汐中再次变得轻柔似水，我感到一切都是有生命的，春夏秋冬就是地球的一次呼吸，地球的呼吸有颜色有声音，甚至在它的吞吐中无数生命升起凋落。小生命就这样寄居蟹一样依附在大生命上，一切被契合得如此完美奇妙，令人感动赞叹。

天地自然的灵气就是人身心与精神的最好补药啊，看是补，走是补，吃也是补，我们是怎么样在被美养育着，爱着，亲吻着。如果说诗，说艺术，哪一点点不是在向大自然学习？

同时我从小迷恋的还有阅读，一种精神的探险。甚至，我总是对那些熟视无睹的常识不敢确信，比如死亡和生命，苏醒与入睡。我写了大量阅读、苏醒、入睡、睡眠的诗，它们的主题后面其实就是生死。因为我们夜夜入睡，谁也不知道自己去了哪里，梦里发生的一切都是不解之谜。所以，我在一首《醒来》的诗中写道："他去过哪里，我不知 / 我去过哪里，他不知 / 醒来，我们就继续肤浅的活着 / 看不清熟悉的方寸之地 / 其实深不可测"。这就是睡眠的神秘。我曾经觉得睡眠是生死的墙角，在入睡和苏醒之前，也就是生入死，死到生之间，我的感觉特别灵敏。甚至我觉得此生最大的收获，都是死亡馈赠给我的。

"所有语言，不过是沉默之树越出围墙的那点枝叶"。关于写作，我也说不出什么高深的大话行话，我只关注生活本身。功夫在诗外，理解了生活，就抵达了写作本身。体谅宽容了万物，写作就自有内容与境界。甚至，写作就像一只让我载动自身过河的橹，本身就是过程和方法，并不成为目的。我借此领略着生命的一路风光，获得生命最深层次的体验，进行着自我成长与自我完成，这便是写作在我这里的意义所在。当然，自觉觉他自度度人，如果我真诚而全然地完成了，这一路探索，自然会对他人产生意义。